中年期

蓝石 著

人民文学出版社

图书在版编目(CIP)数据

中年期 / 蓝石著. —北京：人民文学出版社，2016
ISBN 978-7-02-011409-2

Ⅰ. ①中… Ⅱ. ①蓝… Ⅲ. ①长篇小说—中国—当代 Ⅳ. ①I247.5

中国版本图书馆CIP数据核字(2016)第032783号

责任编辑　仝保民
装帧设计　不识北
责任印制　芃　屹

出版发行　人民文学出版社
社　　址　北京市朝内大街166号
邮政编码　100705
网　　址　http://www.rw-cn.com

印　　刷　北京天正元印务有限公司
经　　销　全国新华书店等

字　　数　140千字
开　　本　880毫米×1230毫米　1/32
印　　张　6.25
印　　数　1—6000
版　　次　2016年4月北京第1版
印　　次　2016年4月第1次印刷

书　　号　978-7-02-011409-2
定　　价　25.00元

如有印装质量问题，请与本社图书销售中心调换。电话：01065233595

自序：婚姻是妥协，但不是艺术

多年前，我常去西单的图书大厦买书，无意中发现角落书架的底层，有许多轻薄的外国小说（大多是人民文学出版社出版的），十块左右一本，一百多页，开始我挑着买，后来嫌蹲在地上挑太麻烦，累身子，姿势也不雅，就干脆一回抽出十本，捧回家慢慢读。类似的小说未必是作家的代表作，但足以代表作家的写作风格。我还发现，这样的小说一般都比较好读。没有惊世骇俗，没有曲折离奇。通常，我是在去我的郊区小院的路上读它们，地铁上公交上，来回四个小时，正好可以读完一本，很舒服。如果时间还早，看完书我会闭上眼睛休息一会儿，我脸上的笑容幸福安详，你也可以说像个满足的傻瓜。我的作家朋友狗子说，此类小薄书，国外很常见，太宰治就写过很多，他一生出过一百四十多本书，很多都是几十页的，有的干脆就是一个短篇。那时我就想，找时间自己也写一本，凑凑热闹。就在前几天，我看到奥尔罕·帕慕克的一句话：我写作，是因为我渴望读到我写的那类书。

这本书最初的构想是写一对夫妻离婚又复合的故事，人物也大致理清了脉络。开写之前，我在朋友聚会的酒局上，自觉不自觉地聊些有关中年人的话题（我的朋友大多是中年人，且阶层丰富），得到的反馈与我的构想大相径庭，这让我对自己之前的判断颇感失望。不瞒你说，我的那些老伙计们的婚姻状况大多不太好。有人因为婚外恋东窗事发，闹得家里鸡犬不宁，有人为了阻止丈夫离婚不惜以割腕自杀相威胁，有人为了逃避婚姻，躲到穷乡僻壤，甘愿忍受清苦，但最终还是硬着头皮回了家。日子还得过下去。这并不是说他们的婚姻状况因此有了向好的改善，而是彼此认可了这样一种生活方式——咱们谁都甭管谁，各忙各的，互不干涉，当然，除了孩子。所谓婚姻更像是一项迫不得已的义务，一项可笑的义务。四十岁就已经分床睡了，性生活一年有个一两次，不然好像说不过去。我说的可不是个别现象。

按他们的话说，这辈子就这么着对付过吧，换一个也好不到哪去，时间久了，慢慢就习惯了。但同在屋檐下，他们免不了相互指责抱怨，之后是长久的沉默，是那种比死水还要无澜的沉默。简言之，我听出了太多的颓丧与绝望，不是一方，是双方。这也间接证明了，中年人离婚比例偏低的原因。

正是基于这样的思考，我决定放弃原来那个离而复合的故事，写一写漫长平淡的婚姻常态中的挣扎、妥协，乃至荒诞。我不知道我做到了没有。

蓝石
2015 年 11 月 30 日

0

如果你也像我一样，跟一个女人在一张床上睡了二十年，你会不会因此而感到厌倦？换句话说，你想没想过离开这个女人，去过一种全新的生活？如果你觉得我的上述理由还不够充分，那么再摊上一个正处于叛逆期的倒霉儿子，张口就跟你顶嘴，处处与你作对，像个上辈子的冤家来找你寻仇似的，你有没有想过，干脆一咬牙一跺脚，逃离这个家，逃离这座乌烟瘴气的城市，去远方，去一个四季如春（如昆明）或海边（如三亚）的地方，过一过清静舒心的日子？实不相瞒，我最近一直在琢磨这件事。但你也知道，到了我这把岁数，抬腿走人可不是什么明智的选择，在我们这个以亲情人情维系的社会，想溜哪儿那么容易，总会有那么一只无形的大手，从你妄想逃脱的后衣领死死地把你拎起来，你的双腿只能在空气中胡乱地蹬踹几下，那无论如何不能算跑，顶多是小丑似的毫无意义的挣扎。其结果，注定是以你人生中对婚姻不忠，对儿女不负责任的污点收场，别无其他。除非你是个六亲不认、无所顾忌的混蛋。

我当然知道，琢磨是一码事，付诸行动是另一码事，但你不得不承认，没有什么比想象"离婚"更能刺激思维固化的中年人的神经了。尤其是"离婚"之后，那一大片空白的生活，该需要你怎样去填满？当你夜里失眠，睡不着觉的时候，仅仅琢磨琢磨，就足够带劲儿的了。我的意思是，人到中年，睡眠就成了一个天大的难题，以前我睡不着经常会想些诸如人生啊未来啊之类大而无当的问题，结果搞得整个人愈发焦虑、憔悴、噩梦连连。现在好了，我的睡眠质量有了明显提高，连我自己都不知道这他妈的到底算怎么回事。这就像大人给小孩子讲的睡前故事，听的时候神情专注，但却可以促进睡眠，到了我这儿，只不过变成了自说自话而已。躺在温暖舒适的床上，我想象自己大步流星的"逃离"脚步，正自由驰骋，四处云游……此类片段似的"逃离"，很像人们通常说的形散神不散的"散文"，每天晚上可以变换不同的场景和人物。而另一类的"逃离"，如我偏居一隅，耕田犁地，过着风景如画般的世外桃源的生活，某个美女旅行途经此地，两人眉目传情，心生爱慕，几经周折，喜结连理，从此男耕女织，生儿育女，白头偕老。此类想象就只能归纳为长篇小说或电视连续剧的范畴了。每晚"播放"一集，这个长度，刚好可以让我安然入睡。

现实生活未必是跌宕起伏、波澜壮阔的，甚至可以说，我们绝大部分人的生活注定是平凡乃至平庸的，但可以肯定的是，每个人的内心一定是跌宕起伏、波澜壮阔的。坦率地说，我从没想过"逃离"二字竟有如此魔力，从而让我每晚上床之前想入非非，兴奋异常。这至少说明，我虽已人到中年，但我的心依然年轻，依然充满爱的幻想，我这把老骨头还没有彻底地麻木不仁，仅此一点，我就比许多同龄人要幸运得多。如果你也恰逢中年，相信你会理解我的感受。

1

那天早晨，我在沉沉的睡梦中睁开眼睛，看见披头散发的赵小艳的四方大脸正悬在上方，笑眯眯地看着我。我还没来得及反应，赵小艳双手扳住我的脸颊，猛地亲了我一口，"老公，生日快乐！"

我只感到大团的浊气扑面而来，充满我的口腔，"大清早的，你有病啊。"我厌恶地推开她，双手抱头，迅速半转身面向墙壁，生怕她发神经再亲我一口。

"不识好歹的东西。"赵小艳在我的屁股上拧了一把，然后边打哈欠边伸了个懒腰，下床给自己和儿子张罗早饭去了。

我皱着眉头，用手背在嘴巴上擦了又擦。我他妈的就是搞不懂，好莱坞的电影里怎么总搞这一套：一对男女（还可能是老夫老妻），在天光大亮中醒来，眨巴着惺忪的睡眼，深情凝视，接着两张关闭了整宿的嘴巴凑在一起，有滋有味地啃起来。每到此时，我就有种本能的呕吐反应。难道他们有鼻炎，对口腔气味缺乏天然的敏感，还是他们的口腔是特殊材料制成的？我觉得西方人的这个习惯很不好，与他们一贯注重个人卫生的理念完全背道而驰。更让我生气的是，你赵小艳学人家什么不好，怎么偏偏学这个令人反胃的陋习。好莱坞盗版碟看多了吗？

"晚上给你过生日,在顺风海鲜城。六点,别去晚了。"赵小艳推开房门。

我瓮声瓮气地"嗯"了一声,不耐烦地用被子蒙上头。

"他一个闲人,能有什么事。"是儿子何想的声音。

"可不是吗,咱们家就数他活得最自在了,不用上学也不用上班。哪儿像咱娘俩,早出晚归地这么辛苦。"

"他这是混吃等死呢。"

"我儿子越来越幽默了。"母子俩发出一阵愉悦的笑声,"快走吧,待会儿该堵车了。"

赵小艳返身冲卧室大声喊,"何继东,该起床了!"每天上班前,她都忘不了亮这么一嗓子,算是作为告别语。而"何继东,该睡觉了。"无疑就是她的睡前告别语了。其实,她并不是真的催我起床或睡觉,她知道,这两句话对我不起丝毫作用。我的工作不用坐班,时间完全由自己支配,属于人们通常说的"你虽然不能决定太阳明天几点升起,但你能决定自己明天几点起床"的人。她只是习惯了,不说心里不舒坦。她不知道的是,她这么说的结果让她变得越来越絮叨,也越来越让我厌烦。我记不得她的这个习惯是什么时候养成的,但,我想,所谓中年妇女,就是在这漫漫时光中不知不觉地"浑然天成"的吧。我呢,要么保持沉默,点点头,要么"嗯"一声了事。点头绝对是我平常在家里使用最频繁的肢体语言,而"嗯"之类的语气词则是我的日常用语之最了。最近几年,我们夫妻俩很少坐下来认认真真地聊过天,仅有的几次像样的谈话都是围绕孩子,有时候,我甚至觉得夫妻之间完全有理由不说话。

我平躺身体,又睡了过去。千金难买回笼觉,这是我一天之中最惬意的时刻。我相信只要有时间,每个人都喜欢享受这种似睡犹醒的小乐趣。打个比方,正常的睡眠如果是必不可少的温饱,那么回笼觉无疑就是饕餮的美味大餐了。

起床后,我来到阳台,随手关上推拉门,火烧火燎地点根烟,这是我每天早晨醒来后必须干的头一件事。多年前我们还住平房的时候,赵小艳清洗烟灰缸时说了句大概是她这辈子最准确最睿智的话,"你身上的味道就像这个烟灰缸。"我非但没生气,反而被她逗乐了。

搬进楼房后,赵小艳坚决不允许我在新房子的卧室里抽烟,儿子何想长大了,也有了发言权,"你不能让我们陪你一块儿吸毒。"她们娘俩就这么手拉手肩并肩,虎视眈眈地怒视着我,以明确无误地展示其坚不可摧的强大联盟。我投降认输。现在,我只在阳台上抽烟,即使家里没人监督也是,还从不忘开抽油烟机。瞧,多好的习惯。

2

今天是我四十五岁的生日。但老实说，我并没有什么特殊的感觉，也不觉得逢五逢十的生日与平时的生日有什么不同。我这人一向讨厌繁琐，也不善于应付一声声不咸不淡的"生日快乐"和油腻腻的生日蛋糕。但既然赵小艳张罗，我就不好拒绝，不然她又得说我"不识好歹"了。在我看来，所谓"过生日"，不过是给亲朋好友找个名正言顺的吃吃喝喝的理由。记得我小时候过生日，我妈还眼泪吧唧地念叨几句"儿的生日，妈的苦日"之类的老话，我们当儿女的也神情严肃地顺带着怀想一番当初母亲妊娠的阵痛和养儿育女的艰辛。现在全省了，只剩下了个鸡肋似的生日蛋糕，其退化程度，与过年时放鞭炮看春晚的单调、乏味无异。

抽完烟，我想称一称体重，电子秤就摆在客厅的角落里，既能称体重又能量身高的那种。不多不少，整整八十五公斤。我记不太清上次称体重的时间了，大概是去年过生日吧，是八十二公斤。短短一年时间，又长胖了三公斤。我当然知道那些赘肉长在哪儿，无非肚子上（肚脐眼儿上下五厘米），脖子上，再就是下巴上。我的脸部肌肉松弛，时常有一种下坠感，像有什么东西生拉硬拽似的。其实，无论婚前婚后，我一直不缺少锻炼，尤其这几年，锻炼的强度甚至要更大些，打网球，游泳，偶尔还到柳叶公园跑跑步，运动很规律，但我还是气吹似的一年年地在长胖，真是没办法。大概只能以"人到中年万事休"来解释了。早晨起来，系皮带都成了问题，因为我不知道该系在肚子下面还是上面，只能尴尬地站在那里。我想，照这个势头发展下去，也许要不了多久，我就不必为此苦恼了，我很可能会像某个大人物那样，把皮带系在胸口处，那可就丢大人了。现在，我只穿系松紧带的运动裤，穿脱自如，宽松、舒服，缺点是容易让人放松警惕，忽略腰围的悄然膨胀。好在我这人天生脸瘦，属于偷着胖的人，所以，表面看暂时还说得过去。

身高不用量了，你也知道，人过三十五就该往回长了。年轻时，我的身高是一米七五，现在顶多一米七四。何想小时候，家里住的是平房，赵小艳闲着没事总让他站在门框下，拿支圆珠笔刻上儿子的身高、日期，把好好的门框刻得伤痕累累。后来我们搬进了楼房，为了不把房子弄脏，赵小艳就让我从超市扛回了这么个玩意。

儿子的身高体重都很正常，但赵小艳只要想起来，就发神经似的拽何想上去量一量，儿子倒是挺配合，不急不恼的。赵小艳满意地拍拍儿子的小脑袋瓜，"看看咱儿子，往后长大了还不把那些女孩子迷死。"翻来覆去就这么一句话，她永远说不腻味。然后，她也顺便称一称体重，"哈哈，我又减了一斤。"要不就是，"哈哈，我又减了八两。"

我坐在沙发上，望着她隆起的救生圈似的肚腩，揶揄道，"你再这么减下去，完全可以参加选美比赛了。"

赵小艳气哼哼地瞪着我，两坨子软塌塌的胸脯像果冻，颤巍巍地抖动着。"儿子，你听听，你爸他说的是人话吗？"赵小艳开始寻求救兵。

"你别打消我妈减肥的积极性，你自己也好不到哪去。"她的救兵随叫随到，从不含糊。一旦我们两口子吵架拌嘴，赵小艳总忘不了捎上儿子，从而形成包夹之势。

我洗脸刷牙，刮胡子。刮胡子对我来说，与洗脸刷牙同等重要，我是那种通常人们说的连毛胡子，如果一星期不刮，我的胡子眉毛就会连在一起，像个在798①混日子的落魄艺术家。照镜子时，我发现两鬓的白发又该染一染了，明天是跟李雅打网球的日子。当初，我染发就是听从了她的建议。"染发不仅能使你看上去更年轻，精神状态也会大不一样。"李雅是退役的专业网球运动员。我俩每周在她担任教练的迅达国际网球俱乐部打一次网球。

可这一染不要紧，从此就离不开了。那些白发尤其是两鬓，刚从头皮里钻出来，就让人受不了。我使用的是深棕色，染后的头发看上去很自然，别人如果不是特别留意，很难看出来是染的。但染得次数一多，深棕色就盖不住我的白发了。我尝试过换成纯黑色，可染后的头发黑得生硬别扭，给人的感觉像涂了一层油漆，只能又改回来。于是，染发成了我不大不小的负担，隔个十天半月就得染一回，麻烦死了。我多次想放弃染发，白就白吧，反正我也老大不小了，但人到了理发店，理完发，犹豫再三，最后还是染了。我一次次地告诫自己，这是最后一次，其实我心里清楚，真正的最后一次，恐怕得在我死之前，或躺在病床上挪不了窝儿的那一天。难怪听人说，染一次发，等于要染一辈子发。让人稍感安慰的是，我的头发依旧浓密茂盛，不减当年。谢天谢地，我没有遗传父亲谢顶的基因，不然我会觉得老天爷对我未免有些太不公平了。

---

① 北京798艺术区。

3

我走进顺风海鲜城金碧辉煌的大包间。我之所以说是大包间,是因为它大得实在有些夸张,大到足以在饭桌旁边再放下一张乒乓球台,甚至可以同时安排几个踢腿劈叉载歌载舞的女拉拉队员。一瞬间,我想到了"黄金万两"这个土豪词。

有人躺在沙发上睡觉,我以为走错门了,细一看,是丁磊。"哈哈,你小子倒不客气,鞋子都脱了,你以为这是你家吗?这可是五星级酒店。"

"操,我来早了。这儿的玻璃亮得忒他妈的晃眼,哥们儿一下子就犯困了。"丁磊慢吞吞地盘腿坐起来,揉了揉眼睛。

"溜达过来的?"

丁磊点头。这家伙喜欢散步,每天去离家不远的玉渊潭公园暴走两个小时,没有要紧的事,从不坐地铁公车,更不打车,他连公交卡都没有。

我俩说着话,其他人陆续到了。先是赵小艳和何想,接着是石强一家三口,章宏伟一家三口,最后是赵一凡。赵小艳让何想跟石强和赵宏伟的女儿打招呼,何想嘴里像含了枚核桃,低头嘟囔了几句,两个女孩表现得同样勉强,然后便各自坐在父母的中间。何想比她俩大一岁,他们小的时候,我们三家人周末经常一块去颐和园游玩。三个孩子在一起有说有笑，玩兴甚欢。何想拉着小妹妹的手，一边一个，像个小大人似的。吃饭的时候，三个孩子各自摆弄着手里的苹果手机，对大人的谈话丝毫不感兴趣。我注意到，何想时不时用眼睛的余光瞟一眼石强的女儿石静，而章宏伟的女儿章明明则偶尔盯着何想看，只有石静面无表情，恨不能把脸贴在手机屏幕上，从始至终都是这么一个姿势。

"老何，你现在真是有钱了，过个生日都敢选在顺风。"赵一凡一屁股在我身边坐下。

"我哪里有钱，是你妹妹非要在这儿过。"赵一凡是赵小艳的哥哥，当年在北外英语系读书时，我俩是上下铺。

石强、章宏伟和丁磊当年是我在校羽毛球队的队友。石强、章宏伟一九八八年毕业，早我和丁磊一年，但在队里，丁磊和我才是一二号单打，他俩打双打。石强和章宏伟毕业赶上了好年头，石强分配到市直机关，一路干到正处，现正全力向副局挺进。章宏伟在市房地产局当了十年的局长秘书，后下海经商，如今在爱家二手房公司任副总裁。

我毕业后进了海淀区工读学校当英语老师，七年前辞职，在家靠写剧本糊口谋生。丁磊更惨，毕业证书都没拿到，曾经为学校争得过无数荣誉的有为青年，从此意志消沉，一蹶不振。这么多年没干过一件正经工作，没钱了就打打零工，给机关企事业单位翻译些产品介绍之类的玩意，兜里有两个钱，就什么活都不接了，倒也图了个清闲自在。按他的话说"这年头最不可能发生的事就是饿死人。"别看他瘦得像根麻秆儿，但肯定不是饿的。

石强照例拿出一瓶法国红酒，像抱个孩子似的抱在怀里，先自顾自地欣赏陶醉一番，口中念念有词，然后神情庄重，慢悠悠地用开瓶器把酒打开。这套程序，有点类似于某种装神弄鬼的宗教仪式。近几年，每逢有稍微正式些的聚会，他总忘不了贡献一瓶红酒。至于酒的产地、年份、葡萄庄园自然都是有些故事非讲不可的，以证明其血统之纯正。他从不喝国产红酒，国外的一些杂牌货，更是被他批得体无完肤，一文不值。

石强自带醒酒器、干冰，过了一会儿他看了看手表，站起身，用餐巾布小心翼翼地包住酒瓶，给每个人倒上小半杯，回到座位上，又不厌其烦地演示如何嗅杯、晃杯，摇唇鼓舌，如何把酒含而不咽，直到酒的香气溢满口腔，最后才依依不舍地徐徐咽下。切不可一饮而尽，那样既糟蹋好酒，也显得粗鲁没教养。有的人在他的这套说辞煽动下，神情紧张，动作笨拙地跟着照猫画虎，并惊喜地宣称发现了红酒的奇妙，如回味甘醇、绵厚，滑溜溜的通顺。接着，自然是一番争先恐后的讨教。石强讲解得详细、耐心，同时也极大地满足了他的虚荣心。可到了下次，石强还得重新演示、讲解一番，可见，他培养的这些红酒爱好者都是些不合格的学员，不光蠢笨，也不够上心。

只有我和丁磊拒不配合，每次他过来倒酒，我俩都奋力捂住杯口，实在僵持不过，酒是倒上了，但坚决不采纳他推荐的品酒式的绅士喝法，而是像平时喝啤酒一样，举杯就干，不给他任何炫耀的机会。石强无奈地指责我俩自甘堕落，不可教也，一辈子的土老冒儿。

在我看来，石强对于法国红酒的热爱完全莫名其妙。几年前，他随单位考察团去过一次法国，按照行程在波尔多参观了某个著名的城堡酒庄，并幸遇了一位大名鼎鼎的品酒大师，从此便死心塌地地迷上了法国红酒。可他的解释是"机缘巧合""此生注定"，这就有点搞得神神鬼鬼，莫名其妙了。不就是喝个酒吗，至于吗？他家里有一个专门储藏红酒的房间，柜架上的红酒按年份、产地排列。一年到头，遮光窗帘关得严严实实。从国外购买的价格高昂的恒温器根据气候变化自动调节，那里像个真正的酒窖，只不过是在三楼。

赵一凡只让石强倒了个杯底,"待会可能得改稿子,今天只能忍痛割爱了。"石强的失望是显而易见的,要知道,赵一凡可是他培养出来的第一个高徒啊,"我有预感,明早见报的稿子不会顺利通过。"

赵一凡写的稿子是这两天社会上热议的话题——你幸福吗?话题是央视新闻频道搞的。大概为了突显公平公正,话筒伸向的不仅有打高尔夫开豪车的富商巨甲,还有在地铁被挤成相片的上班族,一时间,网络上吵翻了天。

"你这不是找骂吗,不管人家心情如何,拦住个人兜头就问你幸福吗?但看见那个伸过来的无人不知的大话筒,你也只能说幸福。你不就是想证明我们是和谐社会吗。就像猫问老鼠,老鼠敢说不幸福吗?有他们丫这么干的吗。央视一帮没脑子的策划,惹得全国人民不高兴。他们给政府帮倒忙可不是头一回了。"当年,赵一凡大学毕业在《京报》当国际版的夜班编辑,闲暇时间多,没事近水楼台写些打擦边球的小评论以打发时间,不承想,竟渐渐写出了点小名气,便水到渠成地调到了评论部。前几年,已经贵为评论部主任的他还开辟了专栏《一凡这么看》,每周一至五,以社会批评为主,文笔犀利风趣。简单地说,是用老百姓喜闻乐见的唠嗑似的口语写作,一时间,成了京城中老年人的偶像。在互联网如此发达的今天,许多读者之所以肯花钱订阅《京报》,完全是冲着赵一凡的专栏,这得多大的面子啊。

"老赵,这你可得写篇文章好好臭骂他们一顿。"我打趣道。

赵一凡叹了口气,"文章我是写了,但这不是央视的事吗,牌儿大呀,市里管宣传的头头要亲自过目,我正等信儿呢。连个饭都不让人吃消停。"

正说着,赵一凡的手机响了,他匆忙打开电脑,夹着手机在电脑上敲敲打打。等他一收工,赵小艳就张罗点蜡烛,"何继东,赶快许个愿。"

"算了算了,这么大岁数了,有啥愿可许的。直接切蛋糕。"

"不行,过生日必须得许愿。"赵小艳绝不容许我在公共场合质疑她的权威。

我闭上眼睛,双手合十。突然,"离婚"的念头不知怎么冒了出来,惊得我一哆嗦,差点笑出声来。

"严肃点,这可不是闹着玩的,许愿还得还愿呢。"

趁大伙收拾东西,准备出门,赵小艳悄声问,"说,你许的什么愿?"

"能不说吗?"

"我是你老婆,又不是外人。"

我沉吟片刻,"祝你万寿无疆,财源滚滚。"

"去你的,没个正型儿。"她用肩膀拱了我一下,笑得像朵花。

石强问收拾餐桌的女服务员,"看见桌子上的空红酒瓶没?"

"可能刚才跟啤酒瓶一块收了,有一会儿了。"

"去把你们值班经理叫来。"石强厉声道。

值班经理跑过来,表示马上派人去找。

"要不算了,不就是个空酒瓶吗?"我不解,想劝他离开。

"我是憋气,这么好的红酒瓶撤下去也不吱一声,万一他们拿去装假酒卖呢。"我觉得他最后一句有点牵强。

谁都知道,石强有些小题大做了,但又不好阻止,大家只能东倒西歪地散坐在大厅沙发上无所事事,话也不说了,一个个哈欠连天。"你们走,我和丁磊陪他。"每次朋友聚会结束后,我跟丁磊都要找家小饭馆再补点。这几年,随着年龄的增大,石强、章宏伟开始注重保养,酒喝得很少,杯更是不干了。至于他们陪领导陪客户怎么个喝法,我不得而知。

赵小艳、章宏伟和赵一凡一听，如大赦般，开车匆匆离去。石强跟在值班经理身边跑前跑后，折腾了足足半个钟头，才在后厨的垃圾桶里把那个脏兮兮的空酒瓶翻出来。石强还不依不饶，坚持让女服务员把酒瓶洗净擦干，"这是给你个教训，让你长长记性。"女服务员两眼委屈的泪水，滴滴答答往下流，脸憋得通红。

"这是他的命根子吗？"我问。

"起码，相当于吧。"丁磊慢吞吞地回答。

石强拉开车门，他的妻女已经在车里睡着了。"不好意思，我开车送你们。"石强知道我和丁磊平时喝酒的地方，一般在丁磊家楼下一个叫"羊大爷"的串摊。

我和丁磊下了石强的丰田凯美瑞，找了张角落里的小地桌坐下，点了拍黄瓜，拼了盘毛豆花生，十串烤串，四瓶燕京常温。我相信，这个世界上，没有比请丁磊喝酒更简单的了，夏天他只吃拍黄瓜，煮毛豆、花生，冬天拍黄瓜，油炸花生米。他在家里最常做的菜是肉馅炒黄豆、胡萝卜、黄瓜和木耳，一炒一大锅，剩了，明天煮面条，又可以对付一天。他兴致勃勃地向他认识的每个人推荐这道菜。他管这叫一菜多吃，且营养丰富，简单实用。其实，他是嫌一个人做饭麻烦，犯懒。丁磊至今还是单身。

这几年，我俩改喝常温啤酒了。之前，冬天都找冰啤酒喝，现在年纪大了，肠胃受不了，喝冰啤酒第二天准拉肚子。夏天喝常温啤酒，比喝药还难咽，好在我们渐渐适应了。冬天，就让服务员倒一大碗热水，把酒瓶子坐上去喝温啤酒，时间长了，甚至觉得喝温啤酒更有滋味，劲儿大，缺点是有股马尿味。当然，我们谁都没有品尝过马尿的味道，只是一种感觉。现在的燕京是越来越难喝了，尤其新出产的燕京精品，跟自来水差不多，没有一点酒味，还号称淡爽型。淡是足够了，可爽呢？某天，我骑车路过位于顺义的燕京啤酒集团，看见研发中心占据了整整一栋大楼，心里那个气呀，"这帮孙子，这么多年就研制出来这么个破玩意，还好意思耀武扬威地戳在这儿。"

这些年，啤酒市场早已被几个大品牌统治了，他们各自雄霸一方，画地为牢，从而导致啤酒质量下降是不争的事实。我甚至道听途说，啤酒花如今不用来造啤酒了，而是用来制造化学品，而另一方面，他们用化学品替代啤酒花造啤酒。万一这是真的，那么这是不是导致啤酒质量下降的直接原因呢？你是不是也听到过类似"现在的啤酒怎么越来越没有啤酒味呢"的说法？依我看，其根源无非是资本家的贪婪及政府种类繁多的苛捐杂税导致的。即使国外知名品牌的啤酒也是入乡随俗，大陆产的与原装进口的有天壤之别，这个我有亲身体会，可不是瞎说。难怪许多有钱人喝啤酒只喝专卖店的原装啤酒。我和丁磊有幸跟着品尝过几次，味道好极了，酒味甘醇，略带苦涩，啤酒花香气四溢，那叫一享受。相信要是有钱，我们也会专门喝这种啤酒，不就菜也行啊。好在我俩是清醒的，我们知道，哪怕燕京啤酒再怎么难以下咽，哪怕捏鼻子灌，这辈子恐怕也只能将就了，没办法，谁让我们是他妈的穷光蛋呢。

我推测，虽然眼下国产啤酒的名声勉强比奶粉好些，但也许，要不了多久，啤酒也会制造出毒啤酒。你不觉得，咱们的啤酒与奶粉的恶性竞争有太多的相似之处吗？

丁磊表示赞同。

我看时间不早了，张罗着走，"明天下午还得打网球呢。"

"再坐会儿。服务员，再来最后两瓶啤酒。"

"你他妈的只有再来两瓶，没有最后。"但我起身结账时，还是又叫了两瓶。

丁磊叼着烟，大爷似的跷着二郎腿，冲我伸出一只大拇指，一脸坏笑。

4

每周五下午四点是我和李雅固定的打网球时间。但我必须在两点之前赶到位于昌平的迅达国际网球俱乐部，因为打球之前我得先辅导她两个小时的英语。

认识李雅前我对网球一窍不通，打羽毛球才是我的强项，这主要得益于大我两岁的哥哥的言传身教，我哥跑跳投掷，样样精通，当年在我们县一中出尽了风头。我整天跟在他的屁股后面瞎混，到了高中，我的羽毛球球技已经超过了我哥。那时候，我们打羽毛球就是在街上拉一根绳，前后用粉笔画两条白线，因道路狭窄边线就免了。上北外时，学校要求新生填报特长，我稀里糊涂地填了个"羽毛球"，等到了选拔赛，才知道球网的具体高度，场地的长宽度，及单双打场地的区别。好在我的基础不错，很快就适应了，并顺利地进入了校队。而我那个除了体育一无所长的哥哥，作为特长生被保送进省师范学校，也算是没辜负老天爷赏赐给他的天赋。

我走进迅达国际网球俱乐部的贵宾休息厅，看见李雅正戴着硕大的耳机，对着电脑屏幕练习口语。

"行啊，知道用功了。"

"不是你何老师说的吗，不能光指望每周上课的两个小时，平时要做到书不离手，即使看好莱坞大片，顺带着也要记两单词。对待英语要像对待母语一样充满敬意。"李雅撅着小嘴，故意学我的口气。

"我有你学的这么老吗？"

李雅走过来拍拍我的肩膀，"哥们儿，你老人家可都四十五岁了。昨天你不是刚过完生日吗。"这就是李雅，上一句还"何老师"，下一句就成了"哥们儿"。莫不是他们搞体育的都这么随性？

李雅的英语已经过了八级。她的发音、词汇量、网球的专业术语没问题，就是日常对话不够熟练，偶尔会打磕巴。平常人英语对话打磕巴算不了什么，但作为网球评论员，在电视、网络上，主持或现场采访球员打磕巴，就无论如何说不过去了。李雅这丫头太聪明，学什么都是一学就会，但不易精通，这也差不多是每个聪明人的通病。我现在的任务就是纠正她的态度问题，时不时给她出点小难题，敲打敲打她。

两个小时一晃过去了。

李雅伸了个懒腰，"快去换衣服，待会儿该轮到我收拾你了。"

"小小年纪，还学会打击报复了。"

"就报复你，就报复你。"李雅在桌子下面偷偷拧了我大腿一把，疼得我"哎哟"一声。

"你咋下狠手呢。"我悄声说。

"我没觉得使劲呀，老皮老骨头的，还这么不经掐。"李雅轻轻在我的大腿根处揉了揉。

我腾地跳起来，凉棚支得老高。我只能半撅着屁股，一只手臂挡在那个要命的地方。

"何老师，你胃疼啊？"是金山，他大汗淋漓，脖子上围了条毛巾，一看就是刚教人打完球，"我柜子里有斯达舒，我去给你拿。"

我点头，巴不得他赶紧走。

李雅捂嘴乐，"何老，您反应的也忒快了点吧，真够没出息的。"

"别闹，万一被人看见成何体统。"

"人家不是高兴跟你闹着玩吗，你看哪个学生下了课不是活蹦乱跳的。"李雅开始收拾电脑和笔记本。

金山也是迅达国际网球俱乐部的教练，大李雅三岁，两人从小在区业余体校学网球时认识的。金山不久前刚退役，是李雅推荐他来这里教网球的。迅达的人都知道金山喜欢李雅。迅达是会员制，门槛儿费每年十万。找李雅学网球的会员大都是四五十岁的中年男人，不是企鹅般笨拙的政府官员，就是柚子型身材的土豪大款。有时候打完球，李雅会陪他们吃个饭唱个歌什么的。面对李雅消失的背影，金山总是发出一声声忧心忡忡的长叹。见了他们从不给好脸色，目光阴沉，气哼哼的。唯独对我毕恭毕敬，一口一个"何老师"。他知道我来打网球从来都是骑车来骑车走，穿的运动服是国产的鸿星尔克。我这样的人不可能成为他的竞争对手。金山的热情，常常让我深感惭愧，只要有可能，我平常尽量躲着他。他还年轻，哪里懂得我这种外表温和的中年人的凶险呢。

我好心提醒李雅，"你要是没那个意思，趁早告诉他。"

"有没有搞错，我跟金山只是发小儿，是朋友关系。自从他来了以后，许多会员反映，金山看他们的眼神直愣愣的，以为他有病呢。"

"他们才有病，一个个岁数也不小了，还色迷迷的，一点不知道自重。你看人家何老师，该教英语教英语，该打网球打网球，进步神速。"不知什么时候，金山走了进来，"那些人的心思根本就不在网球上。"

"金山，你给我闭嘴，关你屁事儿。我真后悔，当初怎么推荐你来这儿了。"

"好好好，"金山边摆手往门口退，边把斯达舒递给我，"何老师，给您的药。"

"神经病，赶紧滚，你脑袋被门框挤了吧。"后一句，是她跟我学的东北话，"我学的像吗？"说完，她自己先笑了。

"像，老像了。"我用东北话回应她。

当年打羽毛球的基础，对我学网球益处多多。这两项运动有许多相似之处，都是隔网相望，底线球是运动员的基本功，拉、搓、勾、调，同样体现运动员手及手腕的技巧。当然，不同之处也很多，羽毛球与绒毛球重量、弹性不同，场地的大小宽窄，运动员在场上的跑动发力等等。

李雅在网球场上喜欢穿白色运动服白色短裙，戴蓝色发带，打球动作飘逸，切削球落点精准、刁钻，充满灵性。初学网球的人都喜欢请她当教练，尤其是男人，这自不必多说。如果我不能在发球环节占得上风，多拍回合，常常累得我气喘吁吁，样子十分狼狈。但她的弱点也很明显，发球力量弱，回球浅，她只能依靠场地的宽度和网前技术调动我。三年下来，我的网球技术大有长进，现在我俩互有胜负，起码四六开没问题。

打完球，李雅说待会儿给我个惊喜。我俩来到停车场，李雅掏出车钥匙，一按，"当当当当,怎么样？"李雅兴奋地来了句"贝九"。

"换奔驰了，还S350，了不得呀。"

"我赢李教授的，就昨天。他说如果我打他六比零，他就输我他的奔驰，他赢呢，让我去他公司站一个月的前台。结果，我赢了，奔驰归我，我的马六让他的司机开走了。"李教授我认识。此人之前在内蒙古大学当教授，后来不知怎么做起了煤老板。新保利大厦刚盖起来那会儿，他一口气买下一层楼，听说，他的公司正在运作上市。

"这就是你给我的惊喜?应该是你的惊喜才对。"

"怎么,带你出去兜兜风还不够?"

"香车美女,够够够。还是李教授大方,有钱人就是不一样。"

"说什么呢,怎么跟金山似的,说起话来酸溜溜的。"

"咱们去哪儿?"

"你想去哪儿?要不,去我家喝杯咖啡,你看怎么样?"她的大眼睛眨了眨。

我知道,她在故意逗我,没接茬。

"美得你,大鼻涕泡都出来了。我算看透了你们这些中年男人,没一个好东西。亏了金山刚才还对你那么够意思。"

"这跟中不中年有啥关系,你小小年纪这么了解中年人,是不是你认识的中年人太多了。"

"讨厌,不理你了。"

5

过生日那天许愿"离婚",当然不是认真的。如果当时赵小艳不说让我"还愿",我也不会多想,过去就过去了。可你知道,人多多少少还是有些迷信的。这几天,我的脑子里时不时就会跳出来这个问题来打扰我一下,弄得人心烦意乱的。

老实说,我从来没真正动过离婚的念头,但如你所知,我在心里可是"逃离"过好多次了,只是没人知道罢了。离婚是需要付出代价的,但你不知道你将付出怎样的代价,还有就是,你为此能得到什么?这年头谁会闲着没事离婚呢。吵吵闹闹嚷着要离婚的不少,但真正离成的没几对,到最后还不得继续老老实实凑一起过日子。你以为他们和好如初了?抑或是通过吵闹加深了彼此的了解?几乎可以肯定,不是。而是一方或双方选择了忍。至于怎么忍?忍什么?那就因人而异了,外人谁能说得清呢。其实想明白了,就算离了婚又能怎样?再找一个会有什么本质的区别吗?我看不大会。就算你找个张曼玉那样如花似玉的女人,在一起生活个一年半载恐怕也会厌倦,麻烦事一点不少。一男一女在一间屋子里长期厮守,吃喝拉撒,像两个一览无余的透明人,神秘感全无,想象力失去了空间,时间久了,彼此都会厌倦。千万别相信那些告诉你"婚姻是需要经营的"心理专家的鬼话。有时候,我真想问问他们，婚姻该怎么经营？是不是还要劳动分工，按劳取酬，以及制定一系列的经营准则？这个国家别说婚姻，就是生意都不完全是靠经营的。你只要有一个好爸爸，即便你是只呆鸟，照样能把生意做到天上去。

说到这里，我注意到一个有趣的现象，不知道你发现没有，男人在找媳妇的事情上，总是喜欢拿张曼玉作比喻，而不是公认的大美人林青霞。是不是林青霞这样冰清玉洁的女人只适合谈情说爱，张曼玉的妩媚风情才符合男人鱼水之欢的想象？

如前所述，我并不是没有想象过离婚这件事。大凡结了婚的人都想过，男人想过女人也想过。你敢说你没想过跟自己的老婆离婚？要么你是个圣人，要么是个白痴，可惜，生活中这两种人都不多见。

一个人，无论在家里家外，碰到些不顺心的事，总会发几声抱怨的。诸如"我他妈的当初干吗要结婚呢"或者"结婚可真够麻烦的，我要是个单身汉该多好"，甚或"婚姻是爱情的坟墓，一点不错"之类的。只要在你需要的时候，从中随便选出一个。接着，你会自然而然地想到，假如离了婚，我是继续留在北京呢还是拍拍屁股走人回老家？是再找一个还是独身？再找一个，找个什么样的，是黄花闺女还是带小孩的？如果选择单身，该找一个什么样的女人搭伙，是固定的还是临时的？反正，你总不能一辈子就这么单着吧。我相信，这些问题即使你想到世界末日也不会有什么正确答案的，或者说，答案是无穷无尽的。可能正因为如此，这个问题才显得那么有趣，那么引人入胜。

我再说一句，这只是个游戏，跟离不离婚没半毛钱关系。这就像你有时候忍不住顺嘴冒出一句"他妈的"，其实，你并没有骂谁。这些年来，我的日子过得不比别人好，也不比别人差。怎么说呢，就是中不出溜儿的那种。这样的婚姻状况俯拾皆是，不用我多说，你只要想一想你自己的婚姻过得如何，或看一看你身边的人就知道了。过日子吗，谁都过不出什么花样，你说是不是？要是你真想过出点什么花样，那恐怕你离离婚的日子真就不远了。

6

我跟赵小艳认识二十多年，十九年前结婚，十七年前有了何想，跟那个年代的大多数年轻人的生活轨迹差不多。我们的恋爱谈得很平淡，甚至有些乏味。

一九八九年，我大学毕业分配到海淀区工读学校当英语老师，你要说我当时一点想法没有，那肯定是在骗人。想法肯定有，但你也知道，那一届大学毕业生的分配去向大都不太好。我能留在北京，上上北京户口也算够意思了。从这一点来说，我又是比较幸运的。因为我们是最后一届国家包分配的大学毕业生，后面的学弟学妹们还使劲羡慕我们呢。

真正让我泄气的，是工读学校的孩子并不需要英语老师。那些调皮捣蛋的学生连中国话都不好好说，张口闭口"操你大爷""傻逼""大喇"，不带脏字不说话。我是没有用武之地呀，但课还得上，这就很痛苦。教室里永远闹哄哄的，学生们干什么的都有，就是没人认真听讲。没多久，我的耐心就消耗殆尽了。我也跟着混，你们爱听不听，我只管照本宣科，对得起自己的一份工资就行。可想而知，那段时间我的内心该有多么的苦闷、煎熬。

赵一凡作为校学生会的宣传部长，毕业后分配到《京报》，单位离我的学校不远，坐车五站地，没事就跑来找我玩，我们一起聊天喝酒，以打发漫长的黄昏和黑夜。周末，他会热情地邀请我去他家改善生活，他那看上去并不十分和善的父母热情地为我敞开了家的房门，急切地让我感受一番家庭的温暖。我的确感受到了，但也有些难为情。"只不过多添双筷子的事儿"他父母生怕我见外，每次都这么说。赵一凡的父母对我很好，不光招待我吃，临走还大包小裹往我手里塞，说你一大小伙子独自在外生活不容易，你就当这是自个儿的家，想吃哪儿口大妈给你单做。有时候，说着说着眼泪就下来了，弄得我的鼻子也酸酸的，这让我觉得他们像是我身处异乡的另一对父母。

我自然是在赵一凡家认识的赵小艳。赵小艳话不多，干起活来手脚麻利、勤快，刷完碗，也不出去玩，而是躲在昏暗的灯光下安安静静地看书。她的剪影在墙壁上勾勒出她凸凹有致的身材，让我感受到了另一种别样的温暖。那时候，他们家住的是平房，地方小，我和她的家人喝茶聊天，她从不插嘴。我杯子里的茉莉花茶喝得差不多了，她总会适时地续上，毛嘟嘟的大眼睛羞涩地扑闪扑闪着，又躲到一边看书去了。我想说声谢谢的机会都没有。我不得不承认，赵小艳当时长得挺漂亮，起码符合我的审美标准：长脸，高个，长发披肩，皮肤白皙、光洁。赵小艳唯一的不足是学历，她是幼师毕业。我知道，金无足赤人无完人。我是在东北县城里长大的孩子，家庭条件有限，人家没嫌弃咱就不错了。

可以说，我和赵小艳的婚姻是赵一凡一手处成的。当年，他时不常约我去他家吃饭，好像目的也不那么单纯，我在这里并没有责怪他的意思。只是现在想来，赵一凡甚至他的父母，包括赵小艳，正是经过这一来二去对我的考察，才促使我俩走到一起的。可见，他们赵家选我这个女婿是颇下过一番工夫的。

恋爱期间，赵小艳对我百依百顺。我说今天去逛街那就去逛街，我说去看场电影吧，二话没有，两人直奔电影院。她从没有为此跟我赌过气，更没有跟我在大街上甩过脸子。如果我认为她穿哪件衣服好看，她就会欣然买下，每次约会都喜气洋洋地穿在身上，直到我帮她看上另一件衣服为止。我俩下饭馆吃饭，我从没花过一分钱，不是我抠门，而是她常常吃半道儿饭就悄悄把账结了，怎么说都没用。有时我俩约会，我迟到了或临时有事去不了，她也不埋怨，还可能抱歉地笑笑，好像是她没有遵守时间似的，即使在电话里，我也能感觉到她这个意思。我承认，有时候我是故意这么干的。我只是出于好奇，想看看或听听，一贯好脾气的她生起气来会是怎样一副表情或语气，但从未如愿，这不能不说是个小小的遗憾。我甚至能感觉到，其实她明知道我是有意激怒她，可就是不点破，继续扮演她小媳妇似的受气包角色，这不能不让人泄气。不久之后，我们结婚了。忘了谁说过"人只有在最绝望的时候才会想到结婚"，那时候，的确是我最绝望最迷茫的阶段，整天无所事事，心里空荡荡的，像有个漏斗，什么东西都存不下，也不想存下。未来太过漫长，也许找个人陪我一块打发过剩的时间我会好受些。那就试试吧。

你必须承认，赵小艳从小就是个懂事的好孩子，学习刻苦，但就是听不懂学不会，任凭她怎样努力，哪怕头悬梁锥刺股也白搭。我相信，这样的女同学你一定见过，可能还不止一两个。赵小艳说过，她这辈子最羡慕学习好的人，尤其是那种随随便便、一学就会一点就通的人。我好像正属于她说的这种人。如果当初赵小艳是因为这个原因心甘情愿地嫁给我，倒也不错。

7

　　李晓来电话,让我抽空去一趟"频道",不用说,是我新写的电视电影剧本的意见下来了。她说的"频道"是指央视电影频道。它既不在央视军博门的旧址,也不在东三环的"大裤衩",而是位于北三环北京电影学院的旁边。新世纪以来,我去得最多的地方,是丁磊家的西单,位于昌平的迅达国际网球俱乐部,再就是这儿了。北京像个越摊越大的大饼,但真正与我有关系的也就这么几个地方。现在,我每次出门都不忘带一张街边旅行社发的小广告,上面有最新的北京地铁分布图,不然哪儿都找不着。就这样,也搞得我晕头转向,常常坐错车或坐过地方,有时候我还会突然发现自己身处一个很熟悉的地方,却怎么也想不起来是哪儿了。好在北京地铁进站两元,随便坐,顶多耽误点时间,多在地铁里挤个十分八分钟的。别的不敢说,时间我倒是有一大把,况且找我的人不会有什么急事,所以,我与那些愁眉苦脸的上班族坐地铁心情完全不同。只要有人站着,我绝对不坐,不是我学雷锋,而是我在家里一天到晚坐着,出门正好伸伸懒腰,活动活动筋骨。当然,我平常在家也完全可以这么干,但人就是这么奇怪,写作或读书的时候,屁股都懒得挪一下,起身要么是去阳台抽烟,要么上厕所,从没想过做做广播体操或颈椎操什么的,难怪四十出头颈椎就出了毛病。比如，现在写到这里，我完全应该站起身在屋子里走动走动，但我只犹豫了一秒钟，屁股又沉沉地坠了下去。

　　李晓之前在电影频道译制部工作，是赵一凡介绍我们认识的。赵一凡觉得我在学校里无所事事，意志消沉，他要把我从迷茫的人生中拯救出来，以免她妹妹一辈子受我拖累。赵一凡诱惑我，"译制部有许多三大电影节获奖的片子，随便看。那里还有专门的放映室，跟你在家里看碟的效果完全不同。"他知道我喜欢看"资料"片，每个月都得去新街口买一些。那还是 VCD 的时代，一部电影分两张碟片，每片六元，装在印有"资料"的牛皮纸袋里。就是说，你要想看一部完整的电影得花上十二块钱，这在当年可是一笔不小的开销。尽管赵小艳嘴上不说什么，但心里很心疼那些钱，所以，我毫不犹豫地应下了。

　　翻译一部译制片的稿酬两千多块钱，相当于我当年三个月的工资，翻译的时间大概也得需要这么长时间，但这并不等于我每月的工资由此翻了一倍。因为没有那么多活，一年也就翻译两部，买一年"资料"碟的钱倒是绰绰有余。

　　后来，李晓调到了电视电影部，她问我有没有兴趣做编剧。她知道我这些年闲着没事，一直有一搭没一搭地写些小说。但我不认为写小说与做编剧有什么必然联系，想推辞。李晓说，"小说和电影同属叙事艺术，只不过小说注重人物内心的挖掘，而电影则是靠视觉推进，侧重点不同罢了。"她说许多小说家转型当编剧都很成功，她还举了几个我认识的作家为例，但我知道更多的小说作者改行并不成功，甚至可以说数不胜数。如果仅从经济角度看，即使改行最不成功的编剧赚得也比写小说多得多。可每个人追求不同，我的生活目前看还过得去，况且，我天生不是那种可以一心二用的人，我不能为了写剧本扔了小说，毕竟这是我目前唯一的喜好。"如果哪天我的兴趣发生了变化，我会及时通知你。"我半开玩笑地说。

但李晓并没有放弃对我的劝说。不久后,她想出一个新的主意,她建议我改编自己的小说。"你的小说很有画面感,改起来应该比较容易上手。你只要把你的小说想象成一个个画面,再分分场,就八九不离十了。"老实说,我从没想过,自己的小说有一天可以改编成剧本。我说这个我倒可以试试,不行就算了,我不想勉强自己也不想让她为难。

李晓说,"你这是在帮我,你知道,我没有自己的编剧队伍,我得现培养。你就是我的第一个编剧作者了。"至于技术上的问题,她借给我一本好莱坞人写的《故事》,说这是编剧的必读书。事实的确如此,我改编了我新近写的一篇叫《露天小饭馆》的中篇小说,这不仅让我赚了一万块钱的编剧费,该片当年还获得了电视电影奖最佳编剧的提名。长这么大,我还头一次享受这种名利双收的好事呢。

之后,我并没有在编剧的路上一发而不可收。尽管我是这一行业的新人,但没多久,我还是看出了些门道。在我看来,剧本虽然在业内有"一剧之本"的说法,但说到底,编剧是个技术活,条条框框摆在那儿,你是绝对不能越界的。就一部电影而言,编剧只是个小角色,你创作的剧本完全掌握在导演或制片人手里,改得面目皆非是常有的事。你在电视上看到自己写的电影时,不得不怀疑,他们是不是署错了编剧的名字。你会恍惚、愤怒,认为他们这么干是对你的创作缺少起码的尊重。我不得不开导自己,编剧只是你谋生的一种手段,不必太计较,况且,你已经尽到了自己的本分。

在学校教书的时候,我保持每年创作一部电视电影的节奏,当然还是改编自己的小说。我的稿酬此后一路攀升,没几年工夫,涨到了三万块,差不多是电视电影编剧这个行业的最高稿酬了。

我知道，这是李晓背后帮我争取的结果，为此，我心存感激。

感激之余，我决定辞职。因为我觉得我现在完全可以靠编剧稿费生活了。当然，我向赵小艳做出了如下保证：一，每年的收入一定要高于我在学校教书的年薪。二，我负责每天接送何想上下学，及休息日的各种补习班的接送。三，家里的采买，做饭做菜，我全包了。那时候，赵小艳刚好从北京第七幼儿园调到中青旅当导游，每天光骑车上下班就得两三个钟头，工作很辛苦，同时，她也算在社会上长了些见识，不然她是绝对不会允许我辞职的。

辞职之后，对外我成了所谓的职业编剧，但我的剧本创作量并没有大涨，平均一年两部的样子。偶尔给译制部搞搞翻译，挣些零花钱。

据我所知，北京起码有上万人的编剧队伍，其中百分之九十是号称写电视剧的。你几乎在所有文化圈聚会的酒桌上都会听到有人这样自我介绍，可你根本不知道他写过什么，他们大多是枪手，不然的话，他们会非常乐于主动告诉你他都写过什么什么电视剧。这些家伙大多坐在角落里，蔫头耷脑，眼睛滴溜溜地转个不停，见缝插针般递给你一张名片，毕恭毕敬地双手捧上，然后跟一句"请多关照"。这就像许多人在报刊上发表文章署名后面的"作家"二字。如你所知，"作家"早就臭大街了，但凡能写点东西的人就敢自称作家，可他们唯一的作品就是那些犄角旮旯的豆腐块，你不得不说这是个奇怪的现象。

在李晓的办公室，我见到了新剧本的制片人。这家伙秃顶，长得尖嘴猴腮，一副令人讨厌的猥琐相。我们几年前打过交道，合作过一部电视电影。他的影视公司跟电影频道合作多年。他把打印好的写得密密麻麻的修改意见递给我，"何老师，这只是我们的建议。何老师，您是大编剧，具体您同意多少，还得您定夺。"他一口气说了三个"您"，两个"何老师"。老北京人就是爱瞎客气，虽然有点烦,但总比那些张口闭口对你吆三喝四的家伙强吧。

我说一周之后把剧本修改好,送过来。他握着我的手,"痛快,何老师,我就知道,您是个痛快人。"说完,人就出门了。我觉得他这人倒是挺痛快的。

像每次一样,李晓用一次性纸杯帮我接了杯矿泉水,自己双手捧着保温杯,安静地坐在我的对面。李晓是李雅的表姐。她俩的性格正相反,李晓话很少,说话不紧不慢,声音不大,但吐字清晰,足以让你在五米开外听得清清楚楚。"最近又在写什么?"李晓与我之间的谈话总是这么平淡的开头,换了别人我早就厌烦了,但她这么说,我非但不反感,还显得很兴奋。她说的"写什么"是指我在写什么题材的小说。我俩在剧本的问题上很少交流,除了刚开始合作,但交流的内容大多只局限于技术问题。等我的技术过关了,我们就是一个送剧本,一个负责上报审批。这些年,我写的剧本从没有被毙过,她报一次不行就悄悄报第二次,决不让我做无用功,顶多做些必要的改动、调整。为此,我一直心存感激。我猜,她骨子里也瞧不起剧本,因为她曾经跟我说过"小说是创造,剧本是妥协"。

我告诉她,我正在写一个中年男人,冬天在北戴河发生的艳遇故事。这么说的时候,我莫名地有些不好意思。

"等你写完,我先看看行吗?"

"好啊,可,你怎么突然急着看我的小说呀?"

"我一直喜欢你的小说。你的小说集就放在我的床头,每晚临睡前都要翻几页。"

"有你这么一个读者,我的小说这些年就算没白写,知足了。"

"现在的社会太浮躁,像你这么认真写小说的人不多了。什么时候能看到你的长篇?"

"慢慢来吧,正在构思,光笔记就写了四五十万字,但一直理不出个头绪。"

"对，不急。小说，是慢的艺术。"

"李晓，要么你是个天生的小说家，要么是个天生的评论家，不然，绝对说不出这种话来。"李晓漫不经心的一句话，几乎击中了我。

"何老师，你什么时候学会夸人了？"李晓笑了，顺手理了理耳边的发梢。

"我是认真的，真的。"

李晓脸上永远挂着矜持、羞怯的微笑，是那种冬天看着温暖，夏日看着清爽的微笑。据说这是现代化席卷东方大地之后，首先消失的一种古典美。我不知道我有没有说清楚。尽管时下这样的女人不多见，但暂时还没有绝迹，只要你留心总会看得到。与人聊天的时候，李晓是一个很好的倾听者，身体微微前倾，只是偶尔才插一两句话，不多，但恰到好处。通常是在你说到某处卡壳了，或不知道接下去该如何组织语言，搜肠刮肚的时候。相信这种情况每个人都遇到过。这时，她才不紧不慢地说上几句，更像是给你个提示。李晓从不反驳别人，即使她不同意你的看法，也会巧妙婉转地表达出来，决不会气势汹汹，像个大专辩友那样，可算逮到个机会，恨不能置对方于死地而后快。

好在我也不是话痨，我懂得什么叫适可而止，尤其在李晓面前。所以，我觉得她愿意跟我聊天。当然，我更是如此，面对这样的女人，你的心情总是愉快放松的，这自不必多言。每次去电影频道的路上，我多多少少都有那么一点小兴奋，说不清道不明的。

但有一点，李晓聊天从不涉及她个人的私生活，好像她对别人的隐私也毫无兴趣。李晓是单身，这个我知道。尽管，李晓人长得娴静柔美，但我相信，与之有过交往的男人不大可能对她产生什么非分之想。因为她总是自自然然地与你保持着适当的距离,而这种距离又仿佛远隔千山万水,同时,也像是在警告你"放尊重点,别自讨没趣"。

从我认识李晓,她就戴着一副塑料边的白框眼镜,是三十年前流行的那种,早就过时了,但如果你以此断定她是个守旧、古板的书呆子,那你就大错特错了。那副简简单单甚至略显简陋的眼镜戴在她脸上,显得那么美观、精致,看上去就像为她量身定做的一样舒服。

我夸她的眼镜好看,李晓笑笑,"老古董了,一直想换一副,可老没遇到合适的,只能凑合着戴。"李晓习惯性地扶了扶眼镜。

"别介呀,现在流行复古的东西,你这种无意之中的时尚,才是真时尚,随波逐流的时尚,很假也很傻,吃屎都赶不上热乎的,"我发现我的话有些过于随便了。好在李晓的表情并无反感,倒像是鼓励我继续说下去,"其实,所谓时尚不过是把几十年前淘汰的东西,稍加整合重新再来一遍。你要珍惜与它的缘分。"

"哪儿有你说的那么复杂。"但李晓还是开心地笑了,"那好吧,我听你的,不换了。"

"这就对了。"

老实说,我从来不是一个会讨好女人的人,奇怪的是,我说的话好像总能无意中打动她,恐怕这正是李晓愿意跟我聊天的原因吧。不知为什么,在她面前,我一直像个很懂幽默的成熟男人,说话风趣,反应机敏,还时不时抖出几个连我平时想都没想过的小包袱,逗得她开怀大笑。李晓总是说"我好久没这么开心了"。其实不是,我平常很少与女人说笑,在她们面前,我永远放不开,显得拘谨,笨手笨脚的,甚至这么大人了还会莫名其妙地脸红。

我看了看手机,时间不早了。我起身告辞,李晓并不挽留,只是默默地随我一起走到电梯口,微笑着点点头,就转身回去了。

说真的,我很希望她说"再坐会吧"或是"待会儿下班,我们出去吃个饭"什么的,但很遗憾,一次都没有。其实,我完全可以请她吃饭,这样的机会很多,可不知怎么,我就是说不出口。也许真正的原因,是我与她表妹李雅的关系,让我多多少少在心理上有些愧对她,觉得辜负了她对我的信任。我隐隐约约地感觉,李晓好像知道我跟李雅的事,因为她好久没有向我打听过李雅的消息了。之前可不是这样,她总是在我面前李雅长李雅短的,生怕她给我添麻烦。我真怕万一吃饭的时候,她突然问起来,我该如何是好呢?餐馆那种地方是很容易让人放松的,平时想不到的或是不好开口的,到时候,全都不是问题了。即使李晓什么都不知道,但以我不善撒谎、掩饰的性格,很可能会说露馅的。女人天生敏感,况且是李晓呢。

8

认识这么多年,我只跟李晓吃过一次饭。三年前的一天,李晓对我说,"我想麻烦你点事。"我问什么事,只要能办到绝对没问题。她提出,想让我教她表妹英语。这对我来说小菜一碟。

李晓说,"那咱们找个时间一块见个面,到时怎么收费你们再商量。"

"还收什么费呀,她不是你表妹吗,算了。"

"不行,这已经给你添麻烦了。"

我们是在北京电影学院附近的一家麦当劳见的面。李雅戴棒球帽,背双肩包,走路一窜一跳的,脚下像安了弹簧,"你就是何老师啊。一看你就像个当老师的,一肚子学问的那种。"她一点不客气,上来就点了薯条、炸鸡腿、汉堡和可乐,面前堆了满满一桌子。

"你不怕吃胖?"

"我还巴不得呢,要是能胖一点,我干吗这么年轻就退役呀。"

"退役?你是干什么的?"

"打网球的。"她做了个挥拍的动作,胳膊肘差点把可乐扫到地上,"看着不像是吧?"

我摇头,"你多大了?"

"二十二。"

"怎么不再坚持坚持,这么早退役太可惜了。"

"谁说不是呢。唉,你们都是站着说话不腰疼。一年到头在大太阳底下晒着,还一身的伤病,你试试。"

"你当运动员的时候,最好的成绩是什么水平?"

"少年组拿过全国第四,差一点就站上领奖台了。可到了成年组就不灵了,我这辈子运动员算是白当了,连个全国比赛的领奖台都没上去过,想想就让人泄气。"李雅撅着小嘴,双脚在桌子底下踢了踢,"唉,我是没赶上好时候。过去女选手选才都是选我这样瘦高型的,如今世道变了,现在是粗胳膊大腿的天下,你看小威、莎娃、阿扎伦卡她们。我要是有李娜的身体条件,起码也能成为职业选手啊。可惜,我是汉图楚娃型的,细胳膊细腿,天生缺乏力量,怎么练都白搭。哎,你知道汉图楚娃吗?"

"知道,外号叫长腿美女,好像是斯洛伐克人。"

"哇噻,你行啊,连人家的国籍都记得。我知道你们男人都喜欢看她。我说的对不对?"李雅盯着我,不依不饶地又跟了一句,"何老师,说心里话,对不对?"

我被她的追问弄得很尴尬,只能苦笑。

李晓连忙替我解围,"小雅,你少说两句好不好,我们今天请何老师来是谈正事的。"李晓用手指在她的额头上轻戳了戳,"其实她是不能吃苦,既怕晒成个大花脸,又害怕打不出好成绩,今后嫁不出去,训练总是偷懒。不过,小雅打网球的确很有天赋,她的教练一直舍不得她退役呢。"

李雅吐了吐舌头,规规矩矩坐地坐正身子。

"是这样的,何老师,小雅才退役不久,现在在一家网球俱乐部当教练。北京电视台的一个什么领导是他们俱乐部的会员,他认为小雅的外形条件不错,给她透过话,让她抓紧时间学习英语。他们电视台从今年开始直播四大网球公开赛和中网，正准备招聘一些特约评论员，最好是女孩子。这不，她就动心了。"

李雅脸窄，但肩宽背直，这样的脸型和身材上电视再适合不过了，当演员或模特也不错，就是不适合当运动员。我这么一说，李雅更美了，"那你觉得我当演员怎么样？"

"演员得表演，你的性格恐怕不适合。"

"表演谁不会呀，信不信，我现在说哭就能哭出来。"事实证明，李雅的确是个好演员，当然，这是后话。

"你别这山望着那山高，专心一点好不好？"李晓说。

"我跟何老师开玩笑呢。何老师，你可得赶紧帮帮我，时间不等人呐。"

"你的英语基础怎么样？"

"挺好的呀，我上学的时候特喜欢英语课。"

我试着用英语跟她随便聊了几句。"你学的是'哑巴英语'，你得从头来，不然你的英语上电视会闹出笑话的。你要做好吃苦的准备。这几个月我们得突击一下，争取先过了电视台这一关。剩下的，咱们再慢慢来，你看怎么样？"

"何老师，你喜欢打网球吗？"李雅突然问。

"不会，但我喜欢看，所有的体育节目我都喜欢。我上大学的时候，是学校羽毛球队的。我家的电视机基本上锁定在央五和北京六。从桑普拉斯时代我就开始关注网球了。"

"太好了。打过羽毛球的人学网球简直易如反掌，真的，我不骗你。何老师，你这个年纪可得注意锻炼了，你看看你，人长得挺帅的，就是有肚子，不然你会显得年轻多了。"李雅转过头，"表姐，你看他长得是不是挺英俊的？"她还冲李晓眨眨眼，"何老师，你看这样好不好，你教我英语，我教你打网球，我们互相学习，共同进步。"我听明白了，她是怕我收她的学费。

"好啊。"

"小雅,你别胡闹。"

"这样吧,每周一三五下午两点,你到我们俱乐部,我们先学两个小时的英语,然后再打两个小时网球,我们可以边打网球边学习网球的专业术语。我保证你的网球技术突飞猛进,越打越上瘾。"李雅兴奋地看着我。这孩子够机灵,来之前恐怕什么都想好了。

"这个主意不错。"

"一言为定,耶!"李雅起身,端起可乐和我单独碰了一下。

李晓无奈地笑了笑,"真是拿你没办法。"

"何老师,我一会儿还得带学员训练,先走一步。咱们下周一见。"李雅出门前,小手指还在空中勾了勾。

李晓告诉我,"李雅家里的条件并不好,母亲常年有病,父亲下岗,在环卫所当清洁工。这孩子表面上大大咧咧,其实心事挺重的。想靠打网球生活并不容易,还不如早点退役,这样能减轻家里的经济负担。本来,我想替她付学费的,想不到会这样。"

"我是真心想学学打网球。"我大致给李晓讲了我上大学时打羽毛球的经历。

"我怎么看不出来你曾经还当过运动员。"

"我这不是发福了吗。"我拍拍肚皮。

李晓捂着嘴,头扭到一边,无声地笑了。

9

赵晓艳的变化主要发生在婚后，具体一点说，是发生在她哥赵一凡帮她从幼儿园调到中青旅之后。赵小艳先是在那里当导游，夏天她骑的电动车上插一把雨伞，胳膊上套着套袖，头戴遮阳帽，冬天穿着厚厚的皮裤，膝盖处绑着护具，以遮挡风雪，防止冻坏膝关节。上班时，她手里挥动着小红旗，举个大喇叭，嗓子喊的像破锣。在外面吆喝了一天，下班把孩子接回来，还要买菜做饭收拾家务，的确够辛苦。我要伸把手，她又不让，说我只会越帮越乱。她正是从那时候起脾气渐长的。我让她不满意，何想让她有操不完的心。她的破锣嗓子在我们逼仄狭窄的空间，发出巨大的回响。我能理解她，但时间一长，我就受不了她的絮叨了，我们开始吵架，摔盘子摔碗，她一气之下抱着何想回了娘家。

赵一凡知道后，劝我说几句好听的，把赵小艳母子接回来，我表示拒绝。赵一凡能做的就是迅速把他妹妹从导游变成办公室的小职员，这样赵小艳就可以在单位里清闲下来，以腾出更多的时间让自己休息，多照顾照顾这个家。果然，不久赵一凡把赵小艳母子打的送了回来。赵小艳的脾气从此也消停了不少。那段时间，赵小艳拼命学习日语，还参加了辅导班。

一年后，她调到了中青旅的国际部。不用说，这又是赵一凡的功劳。

当时正赶上新世纪的出国旅游大潮，赵小艳吃苦耐劳的精神得到了充分展现，收入陡增，事业蒸蒸日上，出色的业绩让她在第三年成了国际部的部门副经理，至于赵一凡在中间起了怎样的作用我不得而知。那时候，章宏伟还在市房产局当局长秘书，是他帮我们出主意，买的第一套房，是经济适用房，楼层、户型随便挑。据说，这个小区本来建的是商品房，但市政府为了树立"经适房"的样板，愣是把已经打好地基的商品房强行改成了经济适用房。当然，开发商也不是吃素的，你有政策，我有对策。开发商迅速更改设计方案，把原来设计好的二十四层楼建成了二十八层。我们家的室内实际高度只有二米三，给人的感觉很压抑。八十五平方米的建筑面积，实际使用面积只有不到六十平方米，但每平方米比原来的商品房要便宜一千多块钱，还是很划算的。搬家那天，赵小艳抱着我和何想，流下了幸福的眼泪，"我们终于熬出头了，我再也不用住平房生炉子了。"她说的是心里话。赵小艳从小在胡同里长大，她最恐惧的就是冬天，尤其是深更半夜跑厕所，屁股都能冻成两瓣儿。

搬进新房子不到一年，赵小艳蠢蠢欲动，背着我偷偷从赵一凡和我母亲手里借钱，找章宏伟又按揭了一套房子，不大，是一居室，五十多个平方米。没几个月卖了，赚了大概三四万块钱。赵小艳这才兴奋地告诉我。之后，尝到甜头的她胆子更壮了，买了套两居室，将近一百平方米，结果自然又是大赚一笔，从此一发而不可收，倒腾房子成了她的第二职业。老实说，这并不是她有什么生意头脑，胆识魄力更是无从谈起。那些年，凡是参与倒腾房子的人哪个都没少赚，赵小艳之所以赚得比别人多一点，那也是章宏伟从中出谋划策的功劳。但这话，我如果当着她面说，准保会把她气个半死。一向自卑、腼腆的她已经今非昔比,变得格外自信,甚至都有些自负了,根本说不得,尤其是我这个当丈夫的。

但不管怎么说,赵小艳的好日子来了。一方面,中青旅搞了个日本休闲游,也就是泡温泉、理疗、体检之类的玩意,日本体检技术好,早期癌症检出率世界领先。一时间"打飞机体检"风靡京城。每人十万,来去十天,却火得一塌糊涂。官员大款蜂拥而至,业务员每联系一个客户,提成两千,赵小艳是部门副经理,她自己揽活赚钱,手下人揽的活,她也能分一杯羹,赵一凡和石强、章宏伟他们在这方面没少帮她忙。她给三个人的回扣,每个人一年都不少于六七万。开始,赵小艳当着我的面给他们回扣,我还怕他们不好意思拿,毕竟是公职人员吗。可他们根本不在乎,照单全收,好像合理合法似的。怎么说,这也算是灰色收入,总不至于如此的理直气壮吧。我就是从那时候起才发现,这个世道真的变了。"我们现在是合作伙伴关系。"她还抖起来了。这三位认识的可都不是一般人,拉成了就是组团,要么是某个局,要么是某个大国企。

赵小艳一边忙着把中国的达官贵人往日本倒腾,一边利用一切可利用的业余时间,在章宏伟的亲自指挥下,四处看房,买了卖,卖了买,双管齐下,赚了个盆满钵满。每天她回到家里第一句话就是"我都快累抽了!"然后,倒在床上呼呼大睡。

一来二去,我们家终于搬进了现在的大房子,一百八十多个平方。至于我们家外面还有几套房子正在中介公司挂牌,我从来都不知道。我不问,她也不说,算是一种默契吧。最近,北京又开始了新一轮的调控,赵小艳闻讯迅速调整思路,把战场转移到了河北的燕郊、廊坊,甚至天津的开发区武清。买进卖出,出手阔绰,俨然一副女强人的派头。

赵小艳的收入呈几何式猛增,反观我的收入几乎原地踏步。

如果扣除物价上涨因素，很可能不升反降。何想指着我，一字一板地说，"都是你，拖了我们家幸福指数的后腿。"

"小孩子，不许胡说。"赵小艳假模假式地拍拍儿子的肩膀。嘴角弯成一条曲线，咧着，牙花子都笑得露出来了。她的这副表情，让我想起一部庸俗电视剧的名字——幸福像花儿一样。听说，四十岁的女人只要不笑，就像是在生气，哭丧着一张脸。那么，此刻我宁愿她不笑，也别这么吓唬人，很惊悚的。

"你懂什么叫幸福指数？难道只有钱才是衡量一个人是否幸福的唯一标准？"

"那当然，我们班当干部的父母，不是大官就是大款，因为他们家长给老师送礼。有钱才能出国旅游，买苹果手机。"何想理直气壮。前年夏天，何想考上了人大附中，赵小艳的奖励是一家三口去马尔代夫旅游，那是何想第一次出国，我也是。其实，严格地说，何想不能说是考上的，他差三分，赵小艳托赵一凡花了六万搞定的，一分两万。这还是赵一凡的关系硬，外面托人明码实价，一分四万。现在好像什么都能买，只要你有钱。

"当班干部就幸福？"

"班干部可以管人，想让谁干什么就得干什么，不服气就报告老师，这还不算幸福？"

"赵小艳，你听听，这孩子被教育成什么样了？啊！"

赵小艳让何想回自己房间写作业，"我可没有告诉过他什么是幸福指数啊，我自己都不懂呢，你别冤枉好人。还不是你过生日那天你们几个坐那儿瞎说被孩子听见的。再说了，现在的孩子知道的一点不比大人少，老师就公开灌输他们，不好好学习，长大了就得去麦当劳端盘子。"

我坐在沙发上，一言不发。

"其实啊，孩子说的也不是没道理。你看看现在的社会，没有钱简直寸步难行,连国家都以 GDP 马首是瞻。政府不像个政府,整个一钱串子脑袋。"

10

我现在居住的小区位于西北四环外，与这座城市，或者说与这个国家任何城市的小区别无二致，矮趴趴的小树，不及我的胳膊粗，一条蜿蜒的小水沟不足半尺深，里面有一些小鱼苗在迟缓地游动，周边是几棵挂着小彩灯的塑料椰子树，鸡贼的开发商竟恬不知耻地管这叫水域景观。周末或傍晚时分，父母们牵着孩子的小手，满脸喜悦地指指点点，就好像这有多新奇似的。个别操蛋的父母还趁人不备，偷偷用渔网捞鱼，被人发现也不害臊，美其名曰为了培养孩子的爱心。挨得着吗。从来没人想过，那些可怜的小鱼们怎么过冬，除了冻死，恐怕别无选择。

如你所知，我们小区楼与楼的间距，只能算是一条迫不得已的缝隙，开发商再怎么贪婪总不至于把所有的道路都堵死建大楼吧，其实，这正是他们心里想的，只是不得已罢了。就像上帝当初造人，必须得有个屁眼儿才行，不然只进不出人类早就不复存在了。小区里只有几小块勉强算得上是绿地的地方，它们像丑陋的秃斑分布在旮旮旯旯，见不得人似的。可就这么点破地方，开发商也不肯放过，渐渐地被一条条新增的车位挤占得所剩无几了。车位的价格分两种，地下的每年五千，露天的三千五，仍供不应求。每天都有人为了抢车位吵得狗血喷头，甚至不惜诉诸武力，一较高下。他们不像"百年修得同船渡"的街坊邻居，更像是多年不遇的冤家。

哦，忘了说，我们小区的名字叫"德州小镇"，类似的洋名小区在北京有很多，"巴黎小镇"、"罗马小镇"、"夏威夷小镇"，它们大多坐落在四、五环外，有的在远郊区。如果不出意外，你所在的城市肯定也少不了。当然，这不足为怪。我们的影楼不早就叫"维纳斯"了吗，我们的瓷砖不早就叫"诺贝尔"了吗，我们的墙纸不早就叫"格莱美"了吗。

我搞不懂的是，我们不是已经成为世界第二大经济体了吗，我们不是已经有了全世界第二多的亿万富翁了吗，我们不是已经是世界排名第一的奢侈品消费大国了吗，可我们怎么还这么不自信呢？我们十几年前不是已经开始大声说"不"了吗，可我们至今怎么还这么"崇洋媚外"呢，我们不是美国佬最大的债权国吗，可我们的人民咋就牛逼不起来呢？

我的理解是，我们是大国没错，但我们不是强国，不但不是而且差得很远。我们只是这个世界上人口最多的国家的"寡民"。所以，我们的人民从心理上还是弱势群体，我们一时半会还甩不掉"自我殖民"的卑贱心理。我们骂着资本主义的种种丑恶，一声声的"绝不搞那一套"震得人耳膜穿孔，我不知道"那一套"究竟是哪一套，但我们的"这一套"，我可是再熟悉不过了。他们甚至一不留神弄出个"宇宙真理"来。可背地里又自卑地对人家艳羡不已，还臭不要脸、偷偷摸摸地把自己的子女，七大姑八大姨往那儿送。这是典型的变态。

说实话，我不是什么通常意义上的左派右派，我对这些门派之争毫无兴趣。我只是对当下发生的一些事情看不惯，偶尔发发牢骚，脑子里闪过什么就自己跟自己唠叨几句。从一个话题跳到另一个话题，中间没有任何的过渡，有点像人们说的意识流，连我自己都不知道这他妈的算怎么回事。

当然,我也只能自说自话,不然你想让我怎么样?我的这些话要是再放在网络上,指不定哪天就被人家以"颠覆国家政权"这个无所不包的"大箩筐"给劳教了。重庆不就有个小年轻人在网上批评了几句当地政府,被判了两年劳教吗。一件印有"不自由,毋宁死"的体恤衫,居然成了重要的物证。世界上还有比这更荒唐的事吗?有,当然有,太多了。可惜,我不能一一列举,不然,你准会以为我疯了。

11

赵小艳最早买的车是奇瑞，说是为了接送儿子，自己上下班也方便些，简单地说就是代步，这当然无可厚非。如果我没有猜错，差不多买头一辆车的人都会这么说。但她声称是因为爱国，才买的奇瑞，以支持国产品牌，我听着就觉得没意思了，犯得着上纲上线吗，不就是买辆车吗，至于吗？我承认，以她目前的经济实力买辆不错的车绰绰有余，可她舍不得，因为她倒腾房子需要资金周转。

偏巧，那辆奇瑞不争气，买来没几天就进了修理厂，之后也是隔三差五地在马路上趴窝，耽误了她不少的正经事。何想的同学更是以顺口溜对我们家的奇瑞大加嘲讽，"家有奇瑞，老少流泪"，把何想气得呜呜直哭，上下学死活不让赵小艳接送了，甚至不惜以绝食为代价。赵小艳没辙，只能以换车平息风波。

我给她出主意，"换辆红旗吧，真正的爱国者，最正宗了。"我知道，她不想换国产车了，但在我面前又死要面子。

她硬着头皮上网一查，兴奋地说，"不行，一整年，这款车只卖出去两辆。"

"你买不就变成三辆了吗。如果每个爱国者都这么想，这种车没准会成为今年的销售冠军呢。"

"我，我对它的质量不放心，咱儿子的安全是头等大事，我要不惜一切代价换辆好点的车,你说是吧。"听口气她像是在求我。

我帮她分析，买美国车肯定不行，我们随时都有同美帝国主义翻脸的可能，买韩国车恐怕也不保靠，一旦朝韩关系紧张，中国大陆一定会站在"用鲜血凝成的友谊"的朝鲜一方，到时候你的汽车很可能会被人一把火烧了。你最好买社会主义国家生产的汽车，当然朝鲜、古巴你就甭指望了。

她明知道我在故意讽刺她，却又挑不出我的毛病，只能干瞪眼。

没多久，她换了辆沃尔沃，一下子花了四十万，差点没把她给心疼死。在我面前絮絮叨叨，没完没了。我听着心烦，"你就是有几个钱烧的。"

"你会不会说人话，我买车你不坐吗？你敢说你一次都不坐吗？你就不跟着借光享受吗？"她变得咄咄逼人起来。她大肆装修也是同样的道理，只是换成了"你住在明亮、舒适的房间里不舒服吗？"

有时候，我们一块出门去她父母家，或一家人出去吃个饭、看个电影什么的，这就不可避免地要同行。出发前，赵小艳坐在车里，总是显得很严肃，甭管什么天，先把墨镜架上，还不忘提醒我，"轻点关车门好吗？这不是出租车，也不是以前的奇瑞，用不着使那么大劲儿。"语气平缓，不怒自威。

弄得我每次开车门前都不自觉地停顿那么一两秒，总像是忘了点什么东西,显得犹犹豫豫的。她又发话了,"你上不上来,快点。这都几点了？"没办法，我只好任由她的摆布，乖乖上车了事。

如果开车的时候，我让她开慢点，她先无声地做个"请"的手势，然后跟一句，"要不，你来开。"如果我对她开的方向表示异议，她也同样会说，"要不，你来开。"总之，一坐进车里，她就牛大了。她知道，我这人对任何车都不感兴趣，无论她怎样要挟，软硬兼施，我就是不肯学开车。她甚至故意轻描淡写地诱惑我，"最近我有一套房正准备出手，你要是肯去学车，我想用赚的钱给你买辆奔驰或宝马，随你选。"我立马做个暂停的手势，"打住。你的好心我领了，但在下承受不起。"她拿我没辙，只能在车上找我的茬。我在车里表现得越安静无声，她就越兴奋。她会一边开车一边耐心地告诉我，前面的车是什么牌子，后面的车是什么牌子，旁边的是什么牌子，"你看看，满大街开车的大都是男人，人家都拿车当小蜜养，爱惜得恨不能抱着车睡觉，我就奇了怪了，你又不是老大不小的，怎么就不喜欢开车呢？真是邪门。"

"你能不能少说两句。"我闭上眼睛，装睡。

等红灯时，她瞥一眼旁边的公交车，揶揄道，"哼，没有我拉你，你也得挤成上面的照片。"我习惯性地把头转向赵小艳一侧。我一直不适应坐在小车里抬头与公交车上焦急、烦躁的目光对视，总觉得他们的眼神里充满憎恨和妒忌，即使有些人暗中羡慕，表面上也是面沉似水。不知怎么，我总有一种莫名的亏欠感。而当我坐在公交车上，尤其反感小车里的人投来的傲慢、优越的眼神，这样的眼神很容易让人产生一种居高临下的错觉。这大概就是我为什么拒绝学车的原因，起码是之一吧。

"慢慢习惯就好了。我刚开车那会儿也不习惯，毕竟坐了这么久的公交车，对这种突然的换位感觉怪怪的，既有终于不用再挤公交车了的轻松，又有些不落忍，心情很复杂。后来想想，凭什么呀，钱是我自个儿辛辛苦苦挣的，又不是偷的抢的，更不是大风刮来的。"说着说着，赵小艳得意起来。你不能说她的话有什么错，人是环境的产物，换位思考并不是件容易的事。赵小艳没开车的时候，经常跟我抱怨开车的人如何霸道，下雨天看见行人也不减速，溅她一身的泥水，或者开车的人突然急转弯，害得她从自行车上掉下来,摔个大马趴,等等。可她开车以后,又没少见她抱怨行人不守规矩,如乱闯红灯还大摇大摆,气定神闲地横穿马路。我不止一次听到她探出头大吼"找死啊"。好像理全让她一个人占了。换句话说,这个国家不论开车的骑车的还是走路的,没有哪个人守规矩。除了长安街,北京大街小巷的十字路口,常常拥挤不堪,大呼小叫,尤其是早晚高峰时间,机动车、自行车和行人挤作一团,互不相让,像战乱也像逃饥荒,唯独不像一个文明国家。没人遵守规则,但人人要求别人守规则。衣冠楚楚的,衣衫不整的,没有高下之分,一律平等,谁都别说谁。让你觉得这个世界既悲凉又无可奈何,简直没得救了。

可我不想习惯,只要可能,我平时出门尽量不坐她的车,宁愿选择公交车或地铁。无怪乎,赵小艳骂我"一辈子穷命"。在我看来,一个人享福是很容易习惯的,也是再正常不过的,没有人喜欢"回到从前",也不想"停滞不前",那是一种瘾,与赚钱掌权一样,欲罢不能。想当初,她说买车是为了代步,为了接送儿子上下学,全是扯淡,这才多大工夫,就现了原形。我不是在这里指责她。我之所以"不习惯"这种出行方式,就是因为我深知这是必然的结果,概莫能外。

我喜欢坐地铁、公交那种上上下下随大流的感觉,怎么说呢,有一种被忽略的安全感。夹在人流中,不显山不露水,悄无声息,虽然也难免让人不胜烦恼。上下班高峰,他们在门外时,对上面的人不往里挪一挪,表达着强烈的不满和愤怒,甚至上纲上线到"丑陋的中国人"的高度,反观,他们一旦挤上去了,同样不爱动弹,脸上的表情瞬间变得冷漠、麻木。我猜他们心里一定是想"反正我上来了,管它呢。"没两分钟,准保又开始抱怨"车怎么还不走"。说到底,人是自私的产物,没几个人过得了这一关。

即使赚了大钱之后,赵小艳也改不了她"胡同串子"的本色。

她浑身上下使用的产品可以说是中西合璧，也可以说是奢侈品与假冒伪劣的混搭。比如，她的面霜可能是千八百块的香奈儿，唇膏却可能是十块钱的地摊货，比如，她的上衣可能是世界名牌，裤子却可能是批发市场一百块钱三条的"挥泪大甩卖"的货色。有一次，我俩走在大街上，她的鞋后跟莫名其妙地掉了一只，当时，她羞愤难当，指天发誓，从此告别所有廉价商品，只买进口名牌。但那只是气头上一说，过后照买不误。

她可以戴五万块钱的浪琴手表，还喜欢动不动把肥厚的手腕在空中扬那么两下，动作娴熟、潇洒的像个在酒吧里摇色子的小姐。她也可以戴十块钱的假雷朋眼镜。我甚至担心，她的眼镜片会不知什么时候啪的一声摔个稀巴烂。这种高档与低劣的奇怪组合，常常让我哭笑不得。

"既然你戴得起五万块的手表，为什么就不能戴一副货真价实的雷朋眼镜呢，正好配套。或者，你戴一块四万块的手表不就得了，省下的钱正好可以买副正宗的雷朋。不然，人家还以为你的手表也是冒牌货呢。"

"错，正因为我的手表是真的，所以他们以为我的墨镜也是真的。"赵小艳说得斩钉截铁，完全是有备而来。好像她这句话一直憋在心里，专门等我问呢。

12

有时候,我最羡慕的不是别人,恰恰是穷得叮当乱响的丁磊。每当我在家里待得心烦,坐立不安,或者跟赵小艳因为什么事怄气,第一个想到的就是跑他那里坐一坐,随便聊点什么都行,顺便体验一下他的单身汉生活。丁磊的屋子永远乱七八糟的,空气中漂浮着一股说不清道不明的怪味道,臭袜子能搭在台灯上当灯罩,棉衣卷个桶就是枕头,烟灰缸里的烟屁股堆得像座小山,像是有人不经意间插出来的造型,酒瓶子在窗台上倒是码放得整整齐齐,在阳光下闪烁着一丝不苟的绿油油的光亮。那是因为他经常对瓶吹,喝之前得擦擦,从而省去了倒杯子的麻烦,如果不出意外,那里大概是他家里最亮堂的地方了。

这一点与我家正相反。我家里的东西永远放在固定的位置上,找起来很方便,窗明几净,进门脱鞋,脱衣服。不准穿睡衣坐在床以外的任何地方,不准边看电视边吃饭,不准不洗脚不刷牙就睡觉,不准不洗手就吃饭,不准……反正多了去了。这个国家有八荣八耻,我们家有八准八不准。

丁磊家的厨房像是被人刚刚洗劫过,锅碗瓢盆东倒西歪,水池子里的水满满的,上面漂浮着脏腻腻的油光,抽油烟机的排风像拖拉机的轰鸣,隆隆作响,油烟却一点不见少,不一会就呛得人眼泪汪汪的。抽水马桶的水滴声与水龙头的滴答声，一唱一和，永不停息，晚上他睡得着吗？我真不知道他这些年是怎么过的日子。这些问题我当面问过他，丁磊不屑地撇撇嘴，好像我的问题完全不值一提，照样舒服地靠在床头，抖着一只袜子漏洞的二郎腿，不紧不慢，一口一口地抽着烟，看都不看我一眼。他他妈的是不是有点舒服过头了。

丁磊没有手机，只有家里的座机，老旧的话筒比多年前的大哥大还要沉一些，声音稀里哗啦的，什么声音传过来，听上去都支离破碎的，不是特别熟悉的人根本听不出是谁打来的电话。我打电话如果没人接，那他基本上是在家楼下，一个叫知足常乐的按摩房。这个名字与他倒是挺般配的。丁磊跟那里很熟，熟到什么程度呢？他在那里打麻将可以欠钱，到饭点就盘腿坐下来该吃吃该喝喝，累了直接躺在按摩床上睡觉，没有丝毫的客套，甚至他在那里打炮没钱也可以赊账。小姐们干活辛苦，懒得动了，就"哎"一声，让他出去买点这个买点那个，他都照办不误，手脚麻利，行动飞快，还常常跑得大汗淋漓，气喘吁吁地回来。认识他这么多年，我从没见过他干什么事这么不惜力过。可以说，他与店老板和小姐们亲如一家，不分彼此。知足常乐是除了他自己家之外，最令他舒服自在的地方。除此之外，他到哪里都显得拘谨、生分、格格不入。即使回他父母家，也是能少待会儿少一会儿。

他可以哼着不成调的小曲边往知足常乐进，边光明正大地放响屁，给人的感觉，他好像是故意把屁一路憋到那里的。谁都知道，只有到了家，屁这玩意才能放得如此畅快、心满意足，而不必为此尴尬、羞愧。

几个小姐正在客厅里闲着没事嗑瓜子，"你咋一进来就通电了呢？"

丁磊一只手摆出个举发令枪的姿势，屁股后撅，接着又一连放了几个响屁，屁股还配合着一扭一扭的。

"我说话你还给配音啊。"小姐也不甘示弱。一听就是赵本山家乡出来的。

"小红，来来来，给你丁叔叔按按脖子，对，对对，就是这儿。"要不就是"小腿，给丁叔叔踩踩背。丁叔叔就喜欢你的小腿，踩上去温柔体贴，准确到位，比手指头还灵活。"或是"小白呀，快给丁叔叔干洗个头，痒死我了。丁叔叔我就喜欢你冰凉的小手，白白嫩嫩的，这叫一舒服。"就像这个店有他的股份似的。他知道那里每一个女孩子的特点。他管喜欢穿红衣服的叫小红，管双腿修长笔直的叫小腿，长得白的自然就叫小白了。别看女孩子们平时跟他嘻嘻哈哈，没大没小的，这时候，他叫谁谁好使，磕巴都不打一个。有时候，哪个女孩子正在给他按摩，别的客人来了点名也得等给他按完。无论他怎么劝，女孩瞪他一眼，甚至很可能按摩的双手还暗暗地加把劲，疼得他一连几声"哎哟哎哟"的，女孩干咳似的忍不住笑笑，但屁股就是不动窝。

有时候，小姐们白天无聊，自己梳洗打扮完了，见丁磊推门进来，就唧唧喳喳地拉他坐在椅子上，集体给他抹口红，画眼影，描眉，一高兴还给他画上希特勒的小胡子，村姑模样的红彤彤的脸蛋。小姐们手舞足蹈，在他身前身后一通忙碌，肚子都笑疼了，弯着腰。丁磊镇静自若，面色沉静，半仰半靠在椅子上，一副很享受的姿态，很可能手里还捧着份报纸，优哉游哉地看着，任由她们捉弄，寻开心。

下午打完麻将，没什么事丁磊就张罗喝酒，有时是他买酒买菜，有时是老板或小姐请客。起初，我坐在一旁神情恍惚，手足无措，浑身的不自在。他就悄悄让小姐劝我喝酒，每次都把我灌得五迷三道的，但过了一段时间，又忍不住往那儿跑。渐渐地，我跟那些小姐也混得熟络起来，时不时开个玩笑，尽管还不够自然随意，但我还是挺开心的。

一旦喝上酒，丁磊仿佛判若两人，口若悬河，妙趣横生，全无平时的木讷，沉默寡言。他按照顺时针的顺序给每个小姐夹菜，而且一定要喂到嘴里，同时站起身，唱着王菲的歌，"我愿意'喂'你，我愿意'喂'你，我愿意'喂'你……"只要你不吃下去，他就这么一直"喂"下去，一只手夹着食物，另一只手在下面托着，生怕菜汁掉人身上。他反反复复只唱这么一句。为了不至于让这一句唱得太过单调，他不仅用普通话唱，还用粤语唱，有时候是黄梅戏、京剧，一高兴，二人转的腔调都用上了。这么一桌子"喂"下来，每次都把他累个半死，但仍乐此不疲，甚至成了他在知足常乐喝酒的保留节目。小姐们捂着嘴，生怕嘴里的菜吐出来，一个个乐得前仰后合，他却深情款款，一脸严肃。

我们在一块喝酒的时候经常划拳，三拳两胜的。小姐们要工作不敢多喝，大多拿笑话替代。我和丁磊输了喝一大杯啤酒，小姐输了就讲一个发生在她们按摩店的笑话。我仅在这里转述几个偏素的。

有的客人躺下之后，只让小姐揉搓他的小脚趾头，还必须得是左脚的，没一会儿工夫人就睡着了。小姐习惯了，他睡他的，自己在旁边发微博微信聊天，或干脆织起了毛衣，甚至用针线绣起了花。待客人醒来，睡一个钟结一个钟的账，睡两个钟就结两个钟的，从不讨价还价，小姐们都喜欢他，只要他一来，小姐们便一哄而上，抛媚眼的抛媚眼，演淑女的演淑女，八仙过海各显神通。有的客人要求为他按摩的小姐必须穿黑色长筒丝袜，赶上他看中的小姐没穿也没有黑色长筒丝袜，他会嘿嘿一笑，变戏法似的从随身携带的皮包里掏出一双崭新的，迎空抖一抖，面带微笑地亲自给小姐换上。他不需要小姐动手按摩，只让她把一条细细长长的直腿架在他弓起的膝盖上，供他观赏把玩，期间，此人一言不发。时间一到,礼貌告辞,微笑离去。小姐们私下里总结,这个活看着挺清闲,其实蛮累人的。因为你的腿多长时间换一次歇歇,必须视他的心情而定。有的客人喜欢让小姐陪他一块泡脚,他负责加水,调式水温,还帮小姐洗脚搓脚直至擦脚,最后,再大大地很享受地亲上一口,可谓一条龙服务。小姐们一致认为,最舒服最期待最激动人心的时刻,就是他亲的那一下,整个人耳热心跳,浑身上下麻酥酥的,像皇上他妈似的,那叫一享受。

按摩小姐是个流动性很强的职业。时不时就有人转场去了更好的去处,或是有了些积蓄准备自立门户,或年纪差不多了,金盆洗手,回老家结婚生子过小日子去了,走之前,她们都要请她们的"丁哥"美美地喝上一顿,说,长这么大你是我见过的最好的男人,既像丈夫、兄长又像父亲,但,比他们加一块还要好。说着说着,眼泪就下来了。临别两人一通拥抱,依依不舍,场面相当感人。那一瞬间,你若在场,要是不想从心底往外唱一首"让世界充满爱",或高呼一声"人间自有真情在",就会觉得自己是个狼心狗肺的绝种浑蛋。

有时候,小姐们活儿忙,我就拉着丁磊跑到知足常乐对面的马路牙子上一坐,一人手把一瓶啤酒,地上放袋五香花生米,边喝边聊。那里是西单地铁站的出入口,人流如织,几乎可以称得上是北京美女的集散地。我俩时不时用目光交流着捕获到的猎物,但没有一次露出默契的微笑,因为我们对女人的审美完全不着边际。我只盯着那些高个长胳膊长腿的骨感美女看,最好是长发披肩,穿着素雅,千万不要浓妆艳抹,如果是那种对自己的美丽泰然处之,熟视无睹,就再好不过了。丁磊喜欢的与我正相反,他盯着的是那些用他的话说"丰腴"的女子,"要有紧绷绷的肉感"。环肥燕瘦是不同时代的审美标准,人们不会关公战秦琼似的争辩她们孰美。可惜,我和丁磊身处同一时代,又是同龄人,这就免不了品评、争论一番,但永远互不服气,谁都说服不了谁。他认为我的审美太大众化,"庸俗",我蔑视他的那一套"变态","以丑为美"。

"你他妈的有家有口的,怎么还这么大瘾,整天盯着人家大姑娘看,有意思吗?"

"有,太有意思了。结了婚的男人看女人更专业更有发言权。有比较,才有鉴别,才分得出真正的美丑。"

"你说说,如果都像你这样,这个世界能消停吗?两口子还不得天天吵架,人脑袋得打成狗脑袋。"

"照你的意思,妇科大夫就不用娶老婆了。他成天看那东西,还能有什么性欲?但事实正相反,可能他们的欲望比你我更强烈,他们的外遇一点不比一般人少。"

"那你就离婚,重新找一个你认为漂亮的,不就完了?"

"哥们儿,离婚并不是解决问题的最好办法,在这方面,你还嫩点。爱美之心人皆有之,况且,有时候婚外恋还是婚姻的黏合剂呢。你想啊,在外面看看美女,心情自然是不错的,回到家看见自己的黄脸婆,想想也就算了,日子还得凑合着过下去。"

丁磊自从大学毕业就再没谈过女朋友。当年他可是我们几个好朋友当中最浪漫多情的家伙。沉默寡言,风流倜傥,加之体育方面的特长,深得女同学们的喜爱。他谈的时间最长的女朋友是我们同届俄语系的系花。毕业时,丁磊因故没能领到学位证书,两人大吵一番,就此分道扬镳。根红苗正的女孩儿分配到了外交部当翻译,之后一路走高,在中国驻世界各国的大使馆往来穿梭,官至外交部副司长。表面上,丁磊好像并不伤心,照样嘻嘻哈哈,大大咧咧,你想安慰他几句都不知如何开口,但我们私下里怀疑,正是那个女孩儿让他对爱情产生了不信任,乃至怨恨。

现在,丁磊对女人唯一的要求就是能"办事",即解决生理问题,这一点他倒是从不隐瞒。有些女人对他这个"色狼"非但不反感,甚至认为这正是他的优点,单纯,诚实,"不装逼"。有时候,我去他家看见被子叠放整齐,碗筷刷洗干净,衣服在阳台的衣绳上滴着清亮亮的水珠,就知道,刚才准是知足常乐的哪个女人上来过。一个女人这么表现一定是有心嫁给他。其中小红对他照顾的最为体贴,小红年龄大,有三十岁了吧,离过婚,有个女儿在东北老家由父母带着。小红经常闷声不响地帮他干这干那,从不与他开没大没小的玩笑,像个一心朴实过日子的女人。

丁磊不屑地撇撇嘴,"她们这是离家久了,怀念曾经用过的家庭温馨,心痒手更痒,才忍不住偶尔展示一番。可偏偏这年头能让她们大展拳脚的地方并不多,我只能成全她们了。"末了,连他都被自己的歪理邪说逗笑了。

13

毫无疑问,中年是一个男人一生中最焦虑的阶段。如果把人生比作一条抛物线,那么我的这个年龄段无疑正处于滑落与急速下坠的接点,这对任何男人来说都是一个非常时期,即所谓"人到中年万事休"的危机与困扰,时时刻刻纠缠着你患得患失的心。很明显,人到中年蹦蹦跳跳的青春早已远去,曾经身手矫健的身影如今已不再灵便,膝关节起坐时发出的嘎嘎脆响,让你担心随时都有折断的可能。老话儿说的"五十肩"也提前了,四十五岁的我常常肩膀一疼疼一天。我带着窒息的疼痛去看医生,医生不以为然,"对你这个岁数的人来说,很正常。"医生对我的颈椎病也持有同样的说法。这意味着,我从此不得不习惯于从衰老的意义思考我的余生。

而当回首往事,你不禁要问,这些年我是怎么过来的,我他妈的究竟都干了些什么,怎么一晃就人到中年了呢?到现在一事无成,懊恼、凄楚,在你的心底一波波泛起,让你找不出值得继续活下去的理由,当然你更找不到寻死的理由。往前看,垂暮之年近在眼前,你难免不为暗淡无光的未来感到沮丧,忧心忡忡,于是,恐惧之心渐渐滋长,直至占据你的全部身心。

我也承认,现在毕竟与拄着拐杖的老年人相比尚有一段距离,你还有一些勉为其难的想法需要实现，至少搏一搏，但它怎么就显得那么的遥不可及，那么的无能为力呢。而与年轻人站在一起，你会深切地感受到什么是青春活力。无疑，这些都是让人痛苦的。你的皮肤开始老化、松弛，你需要雷打不动的午睡，要不然一下午都打不起精神。看到大街上坐着轮椅，身体歪斜，在垂死线上挣扎的老人，你的第一反应，这就是我的明天，并不遥远的明天，随时可能到来的明天。老实说，我不敢想象死亡，我害怕看不见天空、绿草和鲜花，我害怕自己有一天烧成灰，然后，就什么都没有了。我想一直活下去，一直活到厌倦人世的那一天。这当然不可能。但我还是无力战胜内心对死亡的恐惧。

尽管我深知，人生来就是一个逐步走向死亡的过程，人会一天天地老去，欲望一天天会降低，直至无欲无求，混吃等死。但说到底，人是充满宿命感的动物，只有危险降临，或危险即将降临的时候，才开始学会认认真真地思考。由于没有之前的缓冲，这种思考难免显得仓促、被动，人便一时半会陷入神情恍惚之中，难以自拔。所以我说，焦虑是中年人独有的标签和特征。年轻人自信满满，生机勃勃，以为自己会青春永驻，老年人行将就木，唯有面对死亡和生命最后的尾声，不挣不扎，他们没时间也没心情焦虑，因为他们已经焦虑过了。我相信，即便选择去死，他们也不愿意再焦虑一回，因为他们知道，那滋味可不好受。

近几年，一旦我的情绪陷入焦虑、沮丧之中，哪怕一丁点的小事都足以摧毁我本就脆弱的神经。我终日沉默不语，郁郁寡欢，这样的情绪，一年至少要困扰我两三次，每次八至十天不等，来无影去无踪。每到此时，我心慌得厉害。一翻开书，上面的字就像一堆堆爬行的蚂蚁，直让我犯恶心，一打开音响，甭管里面传出来的是什么音乐都像是噪音，震得我耳膜穿孔，那些影碟没有一张能让我坚持看上十分钟的。

我总感觉天随时可能塌下来。平常，我们开玩笑爱说"天塌下来有大个顶着"，但我现在的情况是天塌下来没有人顶，因为只有我头顶的这一小块天要塌下来，别的地方都好好的，天该蓝还是蓝的，云该飘继续飘着。可偏偏我这块天又不是一下子塌下来，而是忽高忽低，晃晃悠悠地盘旋着，你走到哪儿它跟到哪儿，没处躲没处藏的。我的心紧张得一阵阵痉挛，头晕乎乎的。尤其是黄昏时分，我必须在房间里走来走去，推开一扇门，在里面贼头贼脑地转悠一圈，再推开另一扇门，所幸我们家房子大，屋子多，就这么折腾一圈起码得半个小时。之后，我龟缩在黑洞洞的角落里发呆，周围不能有一点声音，要么打开所有的灯，让黄昏亮如白昼，为此，我家厕所的节能灯买的都是四十瓦的灯泡。

我还发现，真正让我感到沮丧的不仅是抑郁的情绪，而是我根本不知道这样的情绪到底会持续多久。我就是这样的人，一旦深陷其中，往往担心这种要命的感觉会持续上一整年，甚至一辈子。这真的很让人绝望。我只能靠找丁磊喝大酒度日，祈盼新的一天降临，一觉醒来云开雾散，重获新生。

我坐在沙发上一言不发，双眼盯着某个空无一物的地方发呆，而且，我想事情或思考的时候，总是一副看上去很生气的样子，指不定什么时候还会为了配合我的表情，发出一声长长的叹息。这些都让赵小艳心烦，"我就是不明白，我们家的日子越来越好，可你整天却唉声叹气的，这是为什么呢？"其实即便很放松的时候，我的表情也像是在跟谁怄气，没办法。可我不知道该怎样向她解释，那只会让她更困惑。

赵小艳从不关注人的精神世界，她永远想象不出她看不到的世界究竟是什么样子，也懒得去想。她以为全中国的人活得都跟北京人似的，我指得当然是五环内的北京。其实也不尽然，只是她不愿意想那些"没用的东西"，免得打扰她平静、幸福的生活罢了。

　　赵小艳从没遇到过精神坎坷，所以她认为我的抑郁情绪完全是吃饱了撑的，没事闲的。就像不知道她打哪儿听说的，抑郁症是典型的富贵病。她振振有词地说，"谁听说过农民和穷人得抑郁症？"她不知道的是农村的抑郁症患者远远高于城市，自杀率更是高居不下。过去我们以为那是"一时想不开"，其实抑郁症从古至今都存在，只不过过去医学不够发达，现代的医学名词"抑郁症"就是过去的"一时想不开"。中国人的自杀率是万分之二十三，居世界第一，其中百分之八十发生在乡村。这还是农村城市化快速推进后的统计数字。可我跟赵小艳讲这些，她会相信吗？

　　我愤怒而又无可奈何地叹了口气。我知道，愤怒和抑郁是近亲。重要的是你因愤怒而抑郁，还是因抑郁而愤怒。如果是前者，大不了自我毁灭，恐怖的是后者，会伤及无辜。

　　"但，就算这个世界上所有的人都自杀了，你一定是最后一个幸存者。"

　　赵小艳笑了，以为我是在夸她"性格坚韧"。"那是，我凭什么得抑郁症，我凭什么没事自杀玩呀。活着多好，生活多美好啊。"她还唱起来了。

　　"你就不怕变成老妖怪。"

　　赵小艳恼怒地瞪着我，她的脸正渐渐失去血色，像被我的话迅速注入了黄疸。

14

赵小艳喜欢布置家,按她的说法是"温馨的家"。只有这样她住在里面才踏实、舒适。我们家时不时会添置一些新物件,即便当年没钱的时候,她隔个一年半载也要调换调换家具摆放的位置,或换个不同颜色、质地的窗帘,以加强视觉上的新鲜感。最近几年,她迷上了网购,床单被罩,外衣内裤不一而足,甚至杯垫这样的小玩意她都不肯放过,还声称要在阳台上种菜。她弄回来种菜的花盆,不比我们家的洗脸盆大多少。她兴致勃勃地对何想说,"现在只是试验阶段,一旦成功,我打算扩大规模,把咱们家闲置的地方统统利用起来。往后,我们专门吃自个家种的菜,再也不用买菜市场那些喷过农药的毒蔬菜了。你觉得我这个主意怎么样?"何想哼哼哈哈地应着,还假装饶有兴趣地东瞧瞧西看看。只要我在她们娘俩身边,甭管何想心里多大的不情愿,决不表现出来。

可想而知,赵小艳的实验失败了,一个月不到,不了了之。那个种菜的花盆,被我废物利用养了些绿萝,绿油油的一大片长势喜人。我得意地说,"虽然这个盆种菜差点,但种花的效果还不错的吗。"

我经常被送东西的快递"咚咚咚"的敲门声惊醒,或打断写作,为此我气恼不已,却又不便发作。有时候一天有三四个快递送货上门,要么送个衣架要么送个暖手宝。如果我跟她抱怨几句,她就火冒三丈地回答我,"我这还不是全都为了这个家着想。仅仅开个门,你还一肚子怨气,何继东,你的生活过得太舒服了吧!"一句话,我立马哑火。"为了这个家"能有错吗?这是一句千真万确的真理。一个人只要以"家"的名义,就算她胡作非为你也奈何不得。说出去,别人会认为我不知好歹,胡搅蛮缠。你小子祖上烧了多少高香,才找了这么个持家爱家的好媳妇,偷着乐吧您呐!

可是过不了多久,她买的那些东西不是不喜欢了,就是嫌碍事或是又有了更新换代的新产品,于是,她又开始忙着往外倒腾。今儿个往她父母家送这个,明儿个往她哥哥姐姐送那个,即便当废品卖掉,也没见她张罗送给她平日里那些所谓的"闺蜜"。"肥水不流外人田"也就算了,可这"水"都"瘦"成这样了,还舍不得就太过分了。

赵小艳有许多张口就来的闺蜜、老同学、同事、老街坊,她们这帮子中年妇女一见面就相互肉麻地夸对方"你又瘦了""你这件新衣服跟你的气质绝配""亲爱的,你的化妆品好有品位呀"。她的微信群有个圈叫"七仙女",她还一个劲儿地跟我显摆,说名字是她灵机一动起的,因为她们正好七个女同学。"你不愧是作家的老婆,很有想象力。"我一本正经地说。

她的那几个女同学我见过,一个个体壮膘肥,粗门大嗓,赵小艳在她们里面算是苗条的。她们在一起吃吃喝喝,谈儿论女,聊得不亦乐乎,打电话起步就是一个小时,悄声细语,像在谋反。但赵小艳背后可没少跟我嘀咕她们的坏话,谁谁谁聚会吃饭从不掏钱,谁谁谁的微信没加她,谁谁谁跟谁谁谁的老公关系暧昧。而一旦见了面,她与这些人又搂又抱,好像八百年没见了似的，一口一个"宝贝，我都想死你了"，我听得浑身发冷，"女孩的心思你别猜"，中年女人的心思你更是不敢猜，赶紧躲得远远的，眼不见为净。

每年冬天，我们小区所在的社区都要号召居民给贫困地区"送温暖"，赵小艳在家里存放旧衣物的柜子里翻来倒去，这个舍不得，那个样式还没过时，总之，送哪样东西她都有些心疼，"万一哪天想穿了呢"，可你知道，从来就没有过"万一"。最后她挑挑拣拣出一两件八百年前的旧棉衣或开帮的运动鞋，还让我去送，"你为什么不去？"

"少废话。"

"你觉得不好意思，对吧。要不这样，干脆，咱们捐点钱算了。"

"门儿都没有，一毛钱也不捐。"赵小艳眉毛都竖起来了。

多年前，我们一家三口去超市，看见门前立了块"母亲水窖"的牌子，上面说你只要捐一千块钱就能在西部偏远山区建一个水窖，从而解决他们一家人的吃水难题。广告是一片干裂的土地，一个满脸皱纹围头巾的女人腮边有一滴泪，怀里搂着个小女孩，皱裂漆黑的手还端着只空碗，看了直让人心疼。我俩被这个画面深深打动了，赵小艳的眼圈泛红，她看了一眼身边的何想，"何继东，豁出去了，我们捐一个水窖。"那天，我们连超市的门都没进，什么东西也没买，扭头就走。第二天，我去了位于长安街的全国妇联，如果我没记错，那天是我在北京生活这么多年感觉最热的一天。当时，我家还住在海淀区的温泉乡，倒了几趟公交和地铁，中途甚至出现了脱水的现象。妇联的人倒是挺客气，让我坐下，并迅速开了收据，给了我一张类似于奖状的什么证书。

"这笔钱具体用在哪里，到时候能通知我们一下吗？"

"当然，我们每一笔捐款都有登记，甚至捐到哪一家，你如果有时间自己可以亲自去那里看看。请放心，到时候我们一定会及时通知你。"

一年过去了,没有任何消息。赵小艳催我问问,我说等等,那么多人捐款,人家未必忙得过来。又是一年,我打电话,开始人家说,你要有耐心,后来说帮你查查。再后来,电话几次都没打通,这件事也就不了了之了。但隔一段时间,只要赵小艳想起来就发一通无名火,搞得家里鸡飞狗跳的,"那可是一千块钱呐。他们缺不缺德呀,我要去告他们。"

我只能安慰她,"想开点,人生在世,吃亏上当在所难免。咱们吸取教训,吃一堑长一智吧。"那时候,我们家真的没什么积蓄,那时候的赵小艳还是"穷大方"的赵小艳。可等她赚了钱,反而变得越来越抠门了。我不清楚,那次捐款对她日后的影响有多大。

15

我住在这个塞得满满当当的大房子里,生活的并不愉快,还常常一肚子的无名火,无处发泄。老实说,我不介意家里稍稍乱一点,不是我犯懒,为自己找托词。在我看来,家就该有个家的样子,不能什么东西都归置得整整齐齐,一尘不染的。简单地说,家,不是宾馆,家要有家的味道,要有时间流逝的痕迹。

我们家被赵小艳布置得干净整洁,每一样物品都放在指定的位置,就像是用一枚枚坚固的钉子楔在那里,纹丝不动,但给人的感觉并不舒服,起码我不舒服。我没法想象这里是个家,所谓"宾至如归"的宾馆还差不多,她却引以为豪,她认为人就应该这么干干净净,整整齐齐的活着。为什么没人指责她们对于混乱生活的排斥呢?

我们家的东西放在哪儿,她一清二楚,如果我一时急用找不到打电话给她,她就很得意,告诉得很详细,语气温和,但末了态度一个一百八十度大转弯,"我都跟你说过多少次了,你怎么总是记不住,又不是小孩子,你也是这个家庭的一员,又不是做客的,真不知道你脑子里整天想些什么?一团糨糊,让我说你什么好呢!你的生活能力实在太差劲了!"我猜测她的身边一定有人,与其说她是在训斥我,不如说她是在同事面前显示她在家庭里的崇高地位。那好，我成全你。我把话筒放在一米开外，估计她说的差不多了，接一句，"你说的一点不错，下不为例。"我嘴里这么说，内心里想的却是，我为什么要懂这些，我才不会成天满脑子琢磨这些破事呢。我匆匆放下电话。好像只有这样这个家才是她的家，而不是我的家，我像个垂头丧气的房客，一只嗡嗡叫的无头苍蝇，这正是她想要的效果。

家里刚装修后的那段日子，她动不动就把旅游公司的同事请到家里打麻将，顺便看看我们家新装修的房子，按说打麻将只需要四个人，可每次起码得来七八个人。没问题，我们家房子大，一百八十多个平方呢，再多一倍的人也装得下。

我忙着为她的客人沏茶倒水，洗水果，搬桌椅，她的同事客气着说，"不用不用，我们自己来。"赵小艳姑奶奶似的端坐在沙发中间，"你们坐，他忙他的，我们家老何就这点好，闲不住。"她的眼睛看都不看我一眼，就像我是她招之即来挥之即去的助手、助理，唯独不像丈夫。她的同事之间眼神的交流告诉我，他们赵姐果然没有吹牛，她在家里的确一言九鼎，她爱人果然疼她爱她，或者说怕她，这个家咱们赵姐说了算。于是，他们的表情放松了，说话也无所顾忌了，烟也叼上了。

"老何，去拿两个烟灰缸过来。"我屁颠颠地跑过去送上。她绝不允许我朋友在客厅里吸烟，顶多可以去书房，但必须得把门关得严严的。

"哦，你下去搬箱北冰洋，要冻的。"她的表情像个蜡像，连僵硬的动作都像，人却故作轻松地与人说笑着。

她的颐指气使和我的逆来顺受是什么时候换位的？具体的时间我不记得了。好像一个弱者到强者的转变总是在一夜之间轻而易举就可以完成的，当然，这只是我此时此刻的一种感受而已。也许整个过程犹如温水煮青蛙般漫长，她是在我无意识之中悄然上位的,等我醒过味来为时已晚。那么接下来,我会不会变得习惯甚至开始享受被她推搡奴役的生活呢,我他妈的不会有朝一日变成受虐狂吧?

我去楼下小卖店的路上想,假设我像个英国管家那样戴一头假发,再像老北京饭馆里跑堂的店小二那样胳膊上搭一条雪白的毛巾,笔直地站立在她们的麻将桌一旁,随时等待她的召唤,相信她也不会表现得大惊小怪,起码在她的同事们离去之前不会。我就纳了闷了,她是带她的同事来参观我们家呢还是来"参观"我呢?

她还喜欢让她的同事参观我的书房,我始终搞不懂像她这种婚后从不读书的人,怎么偏偏对书房情有独钟。我书桌上的书永远摆放得杂乱无章,层层叠叠,给人的感觉,我始终处于忙碌的工作状态之中,这是我喜欢的视觉效果。书柜里的书没有任何分类,文学的哲学的历史的,统统混杂在一起,想找本书得折腾半天,但我需要这种寻找的乐趣,并享受其中。我常常在无聊的时候溜进来,一边踱步浏览,像将军检阅他的士兵,一边随便从书架上抽出本书,翻两眼,放下,过一会儿,再抽出一本,再放下。赵小艳多次催促我整理一下,该淘汰的淘汰,该扔的扔,我据理力争,书房是我的"特区",你无权干涉。这些年,我花费大量的时间在这里阅读、思考,有些书让我从中受益多多,有些书乏善可陈,有些书让人失望透顶,乃至让我不止一次为之产生过放弃阅读、金盆洗手的想法。好在,我渐渐懂得了,一本书并不一定非要从头到尾读完,你有权利随时把它抛在一边。即使我知道有的书这辈子我都不会再看它们一眼,但我很少想到扔掉它们,除非万不得已。

我的书房宽敞明亮,两面墙的书柜顶天立地,书桌是大班台,放在房间的正中间,座椅朝门,如果挂个牌,人家很可能误以为这里是总经理办公室。我多次强烈抗议要求换书桌并调换书桌、座椅的朝向,赵小艳坚决不同意,说装修的时候她特意找风水大师算过,必须这么摆放,我的剧本才能蒸蒸日上,红透半边天。我开玩笑说,"要是我的小说能火起来,你这么折腾我倒是一点不介意"。新房子搬进去三年了,我的剧本写作还是不愠不火,可她在这方面显得却很有耐心,"兴许明天你的剧本就会获大奖,冲出亚洲走向世界。你只管好好写你的就是了。"我从没见她对我如此自信过。只能一忍再忍,一让再让,直至今天。

总之,我在她的同事面前给足了她的面子,她很开心,起码当晚是这样,客人走后她又是擦桌子又是拖地,干劲十足,像只辛勤的胖蜜蜂。我一时半会难以适应,但对刚才把我指使的滴溜转,她决不说一句抱歉。"我本来不想让他们来家里,但他们张罗我又不好拒绝。我现在是部门负责人,搞好同事关系是顶顶重要的,不然工作不好开展。你说是吧。"不知什么时候,她推开书房门,一只手握着拖布把,一只手擦了把脸上的汗水。

我心说,咱们算了,别演了行吗?戏份够足的了。

可她还喋喋不休,"你不上班不知道,我这个经理是怎么当的,真是吃力不讨好,里外不是人。"

我心说话,又没谁拿刀子逼你,不愿意干你赶紧辞职啊,有都是人等着排队呢。我与赵小艳之间的所谓对话,基本上是她对着空气说,我在心里跟自己说。我之所以这样,就是怕发生不必要的争吵。以往的教训,必须吸取。

"想什么呢,没听见我在跟你说话呢吗?"她又恢复了从前的样子,厉声道。

"嗯,我听着呢。"

她耐心地告诉我,"那个高个漂亮的女孩是总经理的秘书,哼,其实就是小蜜。矮个的女孩是临时工,为了转正,每天上班第一件事先给她的头儿擦皮鞋,恨不得舔脚丫子。老张最好色,是个女的就不放过,一天到晚给小女孩发短信,骚扰人家。那个胖胖的女人和我是死对头,当初就是她跟我争副经理的位置,也不瞧瞧自己的半斤八两,臭德行,我半拉眼睛都瞧不上她。"

还是老一套。我问她什么了吗?她犯得着跟我絮叨这些没用的吗?我最讨厌被迫分享她的感受,她说的那些人我压根对不上号。

赵小艳从不相信有人会喜欢我,按她的理解,这个时代没钱没权的男人,简直百无一用,一文不值,根本不可能也不配找情人,尤其像我这样的中年男人,而我好像恰恰欠缺的正是这两大法宝。

她心情好的时候,会开这样的玩笑,"其实,我是个大度的女人。你看这样好不好,我每年给你一个名额,让你专门找小三。如果你有本事超额完成任务,我还会有额外的奖励。"她似笑非笑。

"什么奖励?"我在看书,眼皮都懒得抬。

"每天好吃好喝的伺候你,还拿钱让你们出去游山玩水,花天酒地。"她开这样的玩笑不是一次两次了,我气恼不已。可我知道,如果我告诉她,现在就有个年轻的女孩子喜欢我,她准会气得发疯。我他妈的才不傻呢。

女人总是有本事把说的和做的分清楚,当然,换句话说,谁又能做到表里如一呢?除非你是耶稣或释迦牟尼。但我还是认为,人要有廉耻心,即使一时半会做不到,也别睁着眼睛说瞎话,起码不能明目张胆地这么干吧。

何想在一旁双手支着下巴左瞧瞧右看看,一脸坏笑地盯着我。

"你以后少在小孩子面前开这种玩笑,有意思吗?再说,对孩子影响也不好。"

"现在的孩子什么不懂,还用我教,哪像我们小时候那会儿傻了吧唧的。咱们儿子班里有好几个女孩喜欢他呢,对吧儿子。"

何想脸红了,麻溜儿转身钻进了自己的房间。

不知道你注意过没有,大凡一个家庭生的是男孩,他们的父母总是喜欢无所顾忌地在公众场合大聊儿子的感情问题,什么某个女孩在追他,或者他不久前刚刚被女朋友甩了,聊得津津有味,毫无顾忌。他们想以此表明自己是个现代派的开明家长,还是因为生了个带把儿的在人面前炫耀呢?明眼人一望便知。这种事从何想上初二开始赵小艳就没少干,我不止一次地提醒过她,可她拒不改正,反而变本加厉。"大家在一块儿吃饭随便聊聊吗,有什么大不了的。难道你们聊的话题就有意思,我还不爱听呢。"我是不是可以这样理解,追我儿子的,咱们家肯定占便宜,被女孩甩掉也没什么了不起,谁让咱生的是男孩呢,男子汉大丈夫就得有点皮糙肉厚不要脸的精神,不然,往后长大了怎么在这个操蛋的社会上混呢。

而此时在座的女孩儿家长,即使他平时是个不折不扣的风流好色之徒,也绝不会插一句嘴,除了一脸的苦笑,就是迅速转移话题,以避免尴尬。

还有一个现象不得不提。有些男人在外面搞小三找妓女不在话下,跟身边的小女孩们调情更是他们的拿手好戏,但如果哪个男人胆敢对他的女儿起丝毫歹心,他会跟你拼老命。好像别人家的女儿他可以随意玩弄,自家的女儿就只能当圣女。这显然是不现实的。凭什么呀!

16

前几年,我左侧的牙齿上下各拔掉两颗,这样我的牙齿在口腔内就形成了两个相反的凹型,牙齿并拢时像个标准的"口"字的缺口,漏风漏气,吃饭的时候还时不时咬腮帮子。日积月累,左面颊渐渐形成一小片月牙形的阴影,像一块刀疤,平时,我总忍不住让这一面朝阳才舒服。我几次想到医院镶牙,但一拖再拖,终于,钱都揣兜了,出门前,我突然想上网查一查镶牙方面的信息,不料却跳出这么一条新闻:北京某大医院口腔科的假牙,竟是一家地下工厂用擦皮鞋的抛光剂擦亮的。想想吧,你的假牙上涂着永远伴随着你的油光闪闪的鞋油,真是让人不寒而栗。这他妈的是什么世道人心呐!更可怕的是,那些镶了假牙的人如果知道了,无论他从事哪种职业,他将作何感想?就这么忍气吞声算了吗?我想不会,他可能要打官司的,但官司打得赢吗?退一万步说,即使官司赢了,他的这口气就咽得下去了?从此他对这个社会还会抱有诚信吗?冤冤相报,就让我们的社会成了今天的样子。

就这样,我生生断了去医院镶牙的念头。掉就掉吧,缺就缺吧,不美观就不美观吧,反正我也老大不小了,说不定没等我的牙齿掉光,人早就已经一命呜呼了呢,管那么多干什么。受罪这种事,人活着的时候还是能少遭就少遭点。

从小我的牙齿就不好,差不多每年都得进口腔医院大修一次,不是上牙就是下牙,搞得我苦不堪言。后来,丁磊告诉我一个偏方:撒尿之前,咬牙屏息,下颚微垂,后脚跟轻抬,同时不能与人说话。我坚持至今,收效显著,除了头一年,这么多年下来,牙齿再没有疼痛难忍过。我无数次把这个神奇的民间偏方推荐给身边的朋友,每个人收获不一,但共同的认知是"真的有效果"。插句题外话,如果你读完这本小说,仅仅记住了这个保护牙齿的民间偏方,我也不会介意的。尽管这足以说明这是一部失败的小说,但你花一包中档烟的价钱,就可能缓解甚至医治好困扰你多年的牙痛,与你,的确不失为一笔划算的买卖。我不是开玩笑,这样的读书经历我本人就曾有过,但我不会告诉你书的名字。

每天早晨起床,我总觉得口腔里有一股说不清的怪味道,许是随着年龄的增长,牙齿的缝隙在增大,或是经年累月烟酒熏陶的结果吧。好在,我这人一贯注重个人卫生,早晚刷牙,饭后漱口,在外面吃饭就用茶水或菜汤替代,我知道,这让人看上去不大舒服,我尽量背过身去。可即便如此,我的嘴巴里还是有股子经久不散的味道,怎么说呢,有点类似于铁锈的气味。年轻时,不刷牙口气也是清清爽爽的,难道我真的老了?这类现象还表现在打网球的时候,一出汗,身体就散发出一股酸腐的气味,开始我以为是毛巾质量有问题,换了也不行,的的确确是从身体里散发出来的味道。难道这就是人们常说的"老人味"?过去我只知道,人老了思想会变得迂腐,想不到人体的气味也会变得酸腐。我还早了点吧。

平时与人说话,我尽量保持适当的距离。之前我习惯性地背过身,用双手的手掌围成碗状,一遍遍地凑近嘴巴哈气,实在不自信就提前嚼块口香糖。如果空间有限,说话时我会把一只手挡在嘴巴前，这样既显得礼貌，也可以让口腔喷出的气流沿着手指的缝隙在空中飘散，免得直接对着人家的鼻孔和嘴巴出气。写到这里，我不得不啰唆几句，有的中年男人嘴里的臭气能熏人一跟头，不客气地说，像是有一枚臭鸡蛋深藏在他的口腔中，可偏偏他又喜欢在你面前大声嚷嚷，好像你离他八丈开外似的。躲吧，不好意思，怕伤人家的自尊，那就只能屏息静气，咬牙硬挺。真不知道他们的老婆或情人怎么受得了，这显然不是"爱屋及乌"能解释得通的。这一点上，我在与女孩子打交道时尤为注意。这让我无意中有了一种，怎么说呢，一种绅士风度。我知道，这么说有点过分。

　　我和赵小艳很少接吻，除非做爱之前。这样的接吻是必要的也是标准的程序，如同鸡肋，浮皮潦草，敷衍了事。过性生活不先接吻，好像无论如何说不过去，是人类约定俗成的规矩。我这么想，八成她也这么想，但我俩从不交流彼此的感受。每次做完爱，赵小艳的鼾声在三分钟之内轰鸣大作，且有愈演愈烈之势。英国作家劳伦斯说过，就连动物射精之后情绪都会低落。我一时半会睡不着，只能躲到书房里上网斗地主，直到困了才回屋倒头大睡。这个时间段，我不能读书更不能写作，不然这一宿就算交代了。年轻的时候，这样黑白颠倒的日子我可没少过，整个人像是生活在地窖里，昼伏夜出，脸没个血色儿，现在人到中年，再也熬不动拼不动了，也不敢熬不敢拼了。

　　与李雅就不同了，我俩在一起经常接吻，即使没时间做爱，或者做完爱躺在床上休息的间隙，吻的时间还特别长，像是一场旷日持久的憋气比赛，但总是我率先败下阵来，然后大口大口地喘粗气，李雅大笑不止，"这种无氧训练最大的好处是，万一哪天掉河里，可能会救你一命。"她知道，我是个旱鸭子。

　　我还记得我和李雅第一次在她家里接吻，当时我俩正在电脑前练习口语，她的秀发如丝般在我的脸颊不经意地轻轻扫过，我一阵酥麻，心怦怦直跳。李雅转过头，慢慢凑近我，在我脸颊周围上下使劲嗅啊嗅，气息香甜。我双眼紧闭，身体僵硬地倚靠在墙体上，努力抗拒亲吻一个年轻女孩子的罪恶感。内心里，我知道我的克制极度脆弱，随时都有崩溃的危险。我不过是为了心安做个推唐的姿态罢了，我可能只是想演足自己的戏份，以此表明接下来发生的故事，并非我所愿，更非由我主导。果然，我并没有挣扎太久，眼睛还是睁开了。李雅嘴角上翘，脸上挂着微微的笑意，偏着头，有滋有味地欣赏着一个中年男人的慌乱与羞怯。我紧张地抿了抿干裂的嘴唇，她把我的这一行为视为无声的邀请，嘴巴探过来。我们的舌尖纠缠在一起，在彼此的口腔中滚动、翻飞，看上去像是恨不得吃了对方。

　　李雅的嘴唇柔软清凉，永远有一种薰衣草的味道，这种感受让我陶醉乃至痴迷。每次做爱前，我的心都狂跳不止，像个没见过世面的傻小子。

　　我曾经没头没脑地问过李雅，"我的嘴巴有没有一股铁锈味？"她说，"什么叫铁锈味？没有，怎么会呢。"可我平时与人接触时，还会忧心忡忡，不敢有丝毫的疏忽大意。

　　李雅在我俩做爱时，喜欢尝试一些新花样。那些动作、招式，之前我只在毛片里看过，从未想过人到中年还能有幸亲身体验一番。不过我现在发现，最好的色情片，莫过于性生活本身。年轻人喜欢折腾也会折腾，李雅白花花的身体在床上颠来倒去，气喘吁吁，非但不羞不臊，还使劲大声嚷嚷。我多次提醒她，隔墙有耳。她满不在乎地说，那又怎么样？我凭什么压抑自己的快乐，他们想听就听呗，又不收费。

　　我和赵小艳每月只做一次爱，连日子都是固定的，且一直是她下我上，只采用传统的"平板拍豆腐"似的体位。尤其是这几年，每月一次我爬上她肥胖臃肿的身体，感觉就像攀上一座山峰般疲惫不堪，双腿打战，唯一的念头就是速战速决，好下来休息。可偏偏这时候，似乎总有一些重要的事情突然跳出来，比如，一句漂亮的剧本台词，比如，写什么与怎么写，那个更重要些，比如，费德勒跟纳达尔的比赛该开始了吧。此时此刻，我多么希望自己是一位早泄患者呀。我拼命想象下面的人是李雅，可，就是不管用，我的身体告诉我，想骗我，没门，甚至还有副作用，这会让我疲软，想再一次硬起来，又得颇费一番工夫，这真的是一项勉为其难不得已而为之的工作。完事之后，我如释重负地躺在床上，只想蒙头大睡，可我睡不着，我真的想问问她，我们是不是该好好谈谈了，我们这项工作何时才是个头，你就不感到乏味吗？如果她也有同感，那就再好不过了。我们可以试着过一种无性生活的生活，我猜那也不错。至少，你不会在那座肉山面前，倍感压力，忧心忡忡。又一个月过去了，又到了该做爱的时间了，即使刚从那座肉山上翻身下来，我也不得轻松，在心里开始倒计时。我他妈的干脆把自己阉了算了。可她已经率先响起了如雷的鼾声，双眉紧皱，一脸的怒气，好像是我刚刚冒犯了她。我好不气恼，恨不能一脚把她从床上踹下去才解气。既然这个世界上有人能发明伟哥，那么，有没有人想过发明一种让人立马疲软的"熊弟"，估计也会卖得不错。像我这样结婚多年的人需要，热恋中的人也需要，因为只有这样，你才会分辨出你到底爱得是她这个人，还是仅仅喜欢跟她过性生活。当然，还有监狱里的人，那会让他们省去许多不必要的麻烦。

　　与李雅做爱更像是玩一场刺激、癫狂的游戏，抑或是一台丰富多彩的综艺节目。李雅喜欢做爱时咬我，耳朵、鼻子、乳头，甚至大脚趾，不重，但很痒。我越是躲藏哀求她咬得越兴奋，还边哦哦叫着边扑向我龟缩的身体，像条发情的母狗。之后呢，又是帮我揉搓又是吹气,还一脸柔情地问我疼吗?所以,即使在夏天,我回家睡觉也要穿睡衣睡裤,生怕稍有不慎露出破绽,那可不是闹着玩的。赵小艳说,"哎哟,想不到你这么大岁数了,还学会照顾自己了。"我说,"什么呀,我是怕半夜蹬被子,凉着肚子,跑肚拉稀。"

我从不跟李雅一块洗澡,生拉硬拽我也拒不服从。你知道,人到中年(又来了!)皮肤干燥、松弛,细碎的皮屑像北京春天的柳絮,洋洋洒洒,让人有种不洁的自卑感。我率先洗完澡匆匆钻进被子里,即使平躺在床上,仍有些隆起的肚子也是坑坑洼洼,凸凹不平,看上去还青一块紫一块的,不知道是怎么回事,尤其在李雅光滑、白皙的皮肤映衬下,更显苍老、丑陋。我尽量把台灯的亮度调低到朦胧、昏暗的状态,李雅好像对我的身体并不过多的注意,反而误以为我这么做是为了加强浪漫温馨的情调,笑我"人老心不老"。

李雅是那种所谓"胸前无一物,何处惹尘埃"的平胸,洗浴后湿漉漉的身体出现在我面前,通常她先不紧不慢地摆出几个健美运动员常用的造型,嘴里还配合着"嗨!"几声,然后高举双手,大喊一声,"我是平胸我自豪,我为祖国省布料。"但见她高高跃起,扑通一声双膝跪跳到床上,双手抓住我的命根子,清一清嗓子,深吸一口气,别误会,她想唱首歌。她先拍拍"麦克风",啊啊两声,算是调试音量。李雅会唱的歌很多,王菲、孟庭苇、蔡琴、莫文蔚,她甚至还会唱粤语、闽南语的歌曲,模仿起来惟妙惟肖,且沉浸其中,该伤心处伤心,该落泪时落泪,并配以夸张的肢体语言,"下面的朋友,你们好吗?"我就得积极配合,拼命鼓掌,有时候还要一个人发出那种类似于山呼海啸、排山倒海般的吼声。我当然不能也不敢打扰她的好心情,只能任由她这么胡闹下去,真是一点办法没有。李雅深情款款唱歌的时候,我的情绪愈发高涨饱满,如果我性急，稍有亲热的表示，她就怒气冲冲地冲着"麦克风"摔摔打打，像个在舞台上偶尔耍性子的摇滚歌手。

她还有一个可笑的网名叫"板上钉钉"，是她在看央视的《成语英雄》时受到的启发。"没有谁比我更适合这个网名了，哈哈。就这么定了。"一高兴，她还光着屁股一步三摇，在地上走起了模特步，一撩头发，"飘柔，就是这么自信。"她敢于自嘲的勇气，的确精神可嘉。

多少次了，在她尽情表演的时候，我他妈的真想拍屁股走人，可到头来一次也没走成，甚至这个想法刚一冒头，我的心就感到一阵虚空。如果我真的鼓起勇气一走了之，哪怕只一次，这就意味着我俩的关系彻底了断，想反悔，以李雅的脾气定是没有任何可能的。那么彻底了断又能怎样呢？我想，我暂时还没有主动与她分手的勇气。我承认我有些犯贱，一个中年男人与一个年轻女孩子勾勾搭搭，本身就是一种犯贱的行为，这还用得着说吗。每当想到未来的日子里，我生活中的女人只有一个婆婆妈妈的赵小艳，就不免胆战心寒，有一种孤零零被抛弃的感觉。更多的时候，与其说我是对李雅的肉体充满欲望，不如说她是我的精神支撑更恰当。有段时间，我们什么关系都没有，只是在一块打打球，在电话里聊聊天，但我的心里很充实，看到的想到的人或事物，都是美好的。每每与赵小艳发生争执，闹得不痛快，但一想到李雅，气就顺了不少。毕竟在这座城市的不远处，还有一个年轻的女孩子在等着我，渴望着我，这真的如一股暖流注入我的心田，让我平静温暖。当然，也多多少少会对赵小艳抱有一丝歉意，所以，我平时尽量不与她作对、争吵，连赵小艳自己都承认"你这几年的脾气比以前好多了。"

我这么说，并不是为自己的出轨行为找借口。李雅是我人到中年的一剂稳定剂，失去她我不知道往后的日子该怎样打发。

此时此刻，我唯一能做的就是坚持一会儿，再坚持一会儿，等她唱完了，爬到她的身上豁出老命使劲报复她，但那兴许正是李雅求之不得的呢。这么一想又不免让人泄气。

事毕，她总是第一时间把头一点点拱到我的腋下，娇嗔道，"何叔叔，抱抱我。"此时的李雅乖顺安详，像只沉静的猫咪，没一会儿就发出细微而满足的小小鼾声。夕阳的余晖下，她的睫毛湿润柔和，轻轻眨动，与鼻翼的煽动配合协调。我点支烟，坐在床头静静地看着她婴儿般透明年轻的脸庞，体态迷人的曲线，心情复杂。我既迷恋她青春勃发充满诱惑的肉体，又无时无刻不被心中的罪恶感所折磨。欲望，对，就是这个词。它是多么的不安分呐，一会儿让你情绪低落，一会儿又让你躁动不安。你拿它没办法，社会拿它也没辙，千百年来，人们挖空心思穷尽所能地想要控制它制服它而不能，反而招致它无情的嘲弄和讥讽，可谓伤透了脑筋。

有时候，李雅会在上午九十点钟打我的手机。她知道，这个点家里只有我一个人，而我不是刚睡醒就是正准备起床。起初，她只是心不在焉地在电话里哼哼唧唧地闲聊，见我不解风情，干脆直截了当地说，"何叔叔，我、我想要。"

"这么早折腾去你哪儿，太辛苦了吧。"我以为她想让我过去，有些犯难。

"那，你说怎么办？"然后,她在电话里一口一个"大叔"地叫，声音嗲嗲的。这时候，我要是再不识趣，可真成了天底下最大的傻瓜了。想不到，电话做爱也能让人热血沸腾，这跟平时一个人手淫（我更喜欢称之为自慰）完全是不同的感受。之后，李雅会突然大声喊，"赶紧起床吧，美好的一天开始了！"

做完爱，我跳下床，洗澡吃饭，然后坐下来写剧本。一整天，我气定神闲，挥洒自如，而不再如往常那样心浮气躁，坐立不安，剧本写作进行的格外顺利。看来，确如心理学家所言，性生活对人有安神醒脑之功效。如果核算成本，在电话里做爱的确不失为一笔低廉快捷、省时省力的划算买卖，还省得担心警察随时破门而入，开个房鬼鬼祟祟心惊肉跳的。电话做爱虽没有肌肤之亲，但脱口而出的大胆的性幻想，同样充满刺激，双方之间得到的快乐一点不比真实的性爱少。起码，各有各的优势、特点，是性生活必要的丰富和补充。每个人都做过爱，但并不一定每个人都在电话里做过爱。说到底，情人之间关系的维系靠的是欲望是激情，既然能得到同等的需求，至于方式就显得没那么重要了吧。

通常，我上午看书，午睡之后写作，但效率并不高。开写之前，我得先把家里大大小小的房间巡视一遍，旮旮旯旯都不肯放过，而偏偏这时候，我发现看哪儿都不顺眼，手里的抹布忙个不停，可我的心是烦躁的，东一耙子西一笤帚。等好不容易坐下来，电脑屏幕也得擦了又擦，如果手写还得用专门的稿纸，茶水自然是少不了的，最好是喝功夫茶，又是洗又是泡的，很麻烦。可能是因为我内心里并不大愿意写剧本，所以，这时候泡茶，我一点都不嫌烦，而是显得很耐心很专业。我还在阳台上准备了两个档次的烟，一种是石强送给我的中华、玉溪，另一种是我平时买的红塔山、蓝白沙，写得比较顺手就奖励自己抽根好烟，写不好就惩罚自己抽根次的。只有拖到四五点钟临近黄昏的时候，心才渐渐地平静下来，努力打起精神，龇牙咧嘴地写上个两三千字，但写得非常勉强，如果不出意外，第二天我只能边看边摇头叹气，把那些垃圾揉成纸团，狠狠地扔进垃圾桶。除非晚上有酒局，且越是临近出门前，我写作的情绪就愈发饱满高涨，还常常摆出一副奋笔疾书凝神屏息的可笑模样，甚至恨不能抓起电话，推掉饭局。但这是不可能的，如果真的那样，我估计，我的写作热情立马一落千丈。说不定，我还得火急火燎地现找人再约个饭局，不然，整个晚上我都会过得没着没落的，想死的心都有。

我尝到了甜头。李雅几天不打电话，我的心就痒痒，赖在床上不愿意起来，像得场大病似的。但如果我主动给她打电话，她多半会这么说，"别净想美事儿啊，这么大岁数的人了，一大清早就想歪门邪道，害不害臊。听话，啊，琢磨点正经的，对你身体有好处。"然后，果断挂断电话。她从没满足过我，哪怕一次。

我喜欢床上的李雅，但我更喜欢电视机里的李雅。那时候的她笑容温暖，语气轻柔，穿着件白色鸡心领休闲衫，肩膀平直，整个人看上去干净利落，修长白皙的脖颈上戴一条细细的白金项链。正如网上点评的那样，像个典型的"可爱的邻家女孩"。她的解说语调平缓，连声音听上去都香喷喷的，讲解富有耐心，从不一惊一乍的，即使你头一次看网球，也大致能看明白个一二。我完全不明白，她是怎么做到如此"分裂"的。难道，她还有一个教她怎样当主持人的老师？显然，这不大可能。

赵小艳在一旁拍拍我的大腿，"你看，这个女孩子是不是超养眼。"她知道许多当下时髦的网络语言，让我望尘莫及。我平时很少上网，除非查找一些必不可少的资料，或者能提供便捷服务的网站，如打车软件、去哪儿、美食之类的。在人类过度依赖网络化信息化的今天，庞杂的知识、信息害大于益，它让你在忙碌中日渐空虚，无法专注于某一重要事物的思考。尤其是智能手机的兴起，彻底改变了人们的生活方式，同时也吞噬了有意义的生活。我没有博客、微博、微信，我不需要这些可笑的存在感，更不会因为周围人都知道而唯独你还蒙在鼓里的某件新闻，像个被这个世界抛弃了的可怜虫。

我被她突如其来的这句话吓得一激灵，以为她发现了什么，想试探我，手里的茶杯差点掉在地上。"怎么，看入神了？哈哈哈。"从她的眼神里，我看出自己不过是虚惊一场。

我长出一口气,"好啦,你能不能让我安安静静地看场球,我的姑奶奶,求求你了。"我的态度很好,大难不死的人通常都有这种好心情。

直播的网球比赛通常都结束得很晚,李雅面带可爱清纯的微笑向观众道"晚安"时,我的那个不争气的小东西好像突然意识到她马上就要从屏幕上消失,没看够似的腾地挺直身体,那意思像是在说,"嗨,别急着走,我认识你!"你他妈的是不是还想要个签名?我不无恼怒地抬手给了它一巴掌。

17

我建议赵小艳下班回来多看看书,少出去看房。
"钱是挣不完的。"
"应该说,钱是挣不够的。"你发现没有,这个世界最听不进你建议的,恰恰是你最亲近的人。

婚后,赵小艳从不看书,说她一拿起书本就犯困,比吃安眠药见效还快。下班吃完晚饭,我进厨房刷碗,她就半倚半靠在沙发上像个老奶奶似的边嗑瓜子边看电视,不到哈欠连天是不会上床睡觉的。

"小心点,电视看多了容易得老年痴呆。"我吓唬她。
"哪个节目里说的?"她迅速直起腰。现在她只相信电视里那些专家说的话。这几年,赵小艳经常丢三落四,不知道她从哪里听说的,这是老年痴呆症的前兆,为此,她总是疑神疑鬼,还在网上偷偷做过有关老年痴呆的测试题,成绩不错,但她还是不放心。那阵子,她总爱缠着我问同样的问题,"等我老了,真的得了老年痴呆症,什么都不记得了,你会怎样对我,你会好好照顾我吗?"她的脸上闪着兴奋的光芒,看上去讨论的并不是什么令人伤感的话题。我开始拒绝回答,烦了就应付一句"到时候再说。"可她不答应。"那,我会把你交给养老院,一个人出去游山玩水。如果运气好，说不定还能碰上个女知音什么的，反正你也不知道。"我当然是开玩笑。"我就知道你们男人都是些没良心的畜生。你的老婆躺在病床上，你却在外面寻欢作乐。"她当真了，气急败坏地推了我一把，我险些从沙发上跌倒。"那好吧，我改主意了。我天天坐在你的床头，翻来覆去地给你讲我们当初是如何相识相知相爱的，临睡前还给你唱毛阿敏的《思念》，直到把你的眼泪唱出来，然后，你的记忆开始恢复，身体渐渐强壮，走路健步如飞。我们重又过上了幸福美满的小日子，共同谱写一曲现实版的夕阳红。你看，这个结局怎么样？"她最喜欢《思念》，除了这首歌，她几乎唱不全任何一首歌。赵小艳五音不全，但《思念》却唱得有模有样，差不多可以达到以假乱真的地步。赵小艳笑了，"这还差不多。"我就是弄不明白，她怎么就喜欢这种不着四六的东西。她怎么就不能现实一点，按说她也老大不小了，怎么还天真得跟个小姑娘似的呢。有时候，我会假装顺从她，不过是以一种滑稽可笑的方式，我希望她能从中意识到在我的眼里她有多么愚蠢。遗憾的是，她从来没有意识到，更让我生气的是，我的所谓顺从换来的是她愈发的洋洋自得，你说可不可气。

"我没听谁说，我只是觉得一个人不老不小，整天抱着个弱智的电视看，任何人的智力都会受到损害的。"

"你吓死我了。"赵小艳放心地顺势把头在沙发扶手上扭了几扭，"净瞎说，我可是在电视上学了不少有用的东西。我看，只有看书看多的人才会得老年痴呆，不然人家怎么说你这种人是书呆子呢。"她得意地笑了。

"你这是骂我还是夸我，我目前还配不上书呆子这一雅号，我的定力不够。不过，这倒是我为之奋斗的目标。"

当然，她看电视节目也不是一点好处没有。过去，我们家的热水器常年开到七十五度，我对调节水温不在行，每次洗澡一不留神就被烫得龇牙咧嘴的,我告诉她,"热水器的水温不能开太高,会伤及皮肤,而且容易老化,再有,水温高更容易滋生细菌。"说完,我冲电视机的方向,扬了扬下巴。她似信非信地点点头,像个规规矩矩的小学生,即使听不懂老师的话,但出于对老师的信任,也只能认真照办。

还有,我虽然不是环保主义者,但我对水资源的浪费一直看不惯,赵小艳洗个澡恨不得一洗一个小时,淘米也得淘五六遍。她的理解是,"反正水费便宜,怎么洗也花不了多少钱。"我告诉她,"于丹前些天在电视上说,因为便宜而随意浪费是最大的浪费,原因是如果每个人都这么做,那么,往后所有的便宜东西都可能会成为稀罕物,甚至成为奢侈品。这不一定是她的原话,但歌词大意就是这样。"我摊开双手。

她在旁边一声不吭,脸都红了。

于丹这么说过吗?

有一阵子,她迷上了抗日神剧,"我就喜欢看咱们中国人痛揍小日本。"我记得,某个电视剧讲的是一个爱国青年前前后后杀死了一百多个日本兵。赵小艳看得津津有味,目不转睛,还发神经似的拍手欢呼。可到最后连她都疑惑了,自言自语道,"一个人真的有那么大本事吗?如果当初我们中国人都这么勇敢,小日本怎么可能在我们的土地上横行霸道了八年?"但没一会儿,她又想通了,"反正不管怎么说,即使这个故事有些水分也是情有可原的,总之,最后的胜利是属于我们的,是英明的伟大领袖毛主席赶跑了小日本,这就足够了。"

"日本人被打跑了不假,但是谁打跑的就另说了。"

"你什么意思,难道是那个蒋秃子打跑的?"我最看不惯国人给外国领导人起外号,张口就来,还在媒体上公然羞辱、丑化人家,对自己国家的领导人则极尽美化吹捧之能事,典型的奴才做派。当然你骂老蒋也不行。

"实事求是地讲,按说当年老蒋才是中华民国的头儿,起码他的贡献应该更大一些吧。但真正打败日本人的既不姓毛也不姓蒋,而是整个二战的功劳,换句话说是盟军打败了轴心国。"

"什么盟军轴心国这些乱七八糟的,我听不懂,你就直说,究竟是谁把日本鬼子从咱中国的土地上撵跑的吧。"

"这个比较复杂,说来话长,你需要补习一些二战的常识。"我的确有些犯愁,不是存心为难她。

"你这个人怎么这么啰唆,有屁快放。"她急了。

我只好把自己知道的一些二战背景,结合当年中国人如何浴血奋战的故事讲给她听。赵小艳若有所思,"你的意思是,蒋秃子比咱毛主席的贡献还大?"说完,她自己先用双手惊愕地捂着了嘴巴。

"你嘴巴放尊重点,别一口一个蒋秃子的,人家好歹也当过咱们国家的领袖。"

此后,赵小艳就不怎么爱看抗日神剧了,但这并不代表她从此远离了影视剧,毕竟可供她选择的类型还有很多,比如玄幻、穿越、古装,当然更少不了婆婆妈妈,啰哩啰唆,比懒媳妇的裹脚布还要又臭又长的所谓家庭伦理剧。

这些年,我们引进了越来越多的好莱坞大片,但绝大部分是科幻类的视觉冲击力超强的电影,还有就是黑帮加枪战的娱乐大片。简单地说,是技术至上的电影,而非充满艺术感染力及奇思妙想的电影,尤其是与之意识形态相左的电影更是想都别想。老实说,此类影片作为电影艺术的一部分,甚至作为大片本无可厚非,但不能一统天下,更非电影工作者唯一的追求目标。最近,听说电影局主动与好莱坞的3D公司寻求合作,准备拍摄大片中的"大片",他们以为只要舍得砸钱,就会迅速成为电影大国,从而超越美国荣登电影帝国的宝座，他们的思维既简单无知又荒唐可笑。他们从来不想即使你的电影票房世界第一又能怎样呢？你的电影因此就能赢得全世界的尊重？别做梦了！我们的GDP早几年就已经世界老二了，可出过国的人都清楚外面人对咱们什么态度，人家既想赚你的钱又看不起你的粗鄙。就是说，赚你的钱，还不一定给你好脸色。个中滋味，只有亲历者最清楚，这些事想想就让人闹心。今年春节，我们一家三口报了个法意瑞三国游，一个人两万多。在国航的飞机上，空姐的英文播报，逗得我身边的老外目瞪口呆，继而前仰后合，大笑不止。我悄悄绕到空姐身后一看，我的天哪，她手中的英文稿下面标注的居然是汉字。我们去参观世界三大艺术博物馆之一的卢浮宫，法籍华裔的导游小姐刚开始讲解，人就少了一半，导游小姐见怪不怪，只是嘴角扯出一丝无奈的冷笑。回到旅游大巴上，溜号的人个个大包小裹，满载而归。原来他们发现卢浮宫内还有一处巴黎春天购物广场，于是抓紧时间，溜进去又是一通扫货。要知道，昨天他们才在市中心的同一家购物广场大肆采购了一整天呐。这些人还大言不惭，反正我们刚才在门前拍了照片，谁敢说我们没逛过卢浮宫呢？简直不知道让人说什么好。你不得不想，这个国家谁在发财？他们又是怎么发的财？这些发了财的人能为我们的国家贡献什么？与之形成巨大反差的是，这些土豪当中居然有人舍不得花一欧元上高速公路服务区的厕所（况且那一欧元是可以在服务区超市兑换消费的），结果有一个女人在半路上憋不住尿了裤子，搞得自己极为狼狈。回京之前，在巴黎戴高乐机场，领队手握退税单兴奋地说，全团的同志们此次出行人均消费近一万欧元，看来大家都响应了习主席的号召，购物还是蛮拼的啦。众人齐声鼓掌、欢呼。

我说这些的意思是，在这个世界上，绝大部分事情是可以用钱解决的，只有极少部分的事情是钱永远解决不了的，但却又是顶顶重要的。所谓真正的大国,是要有责任有担当的,要有软实力,你不输出思想、文化,门儿都没有。你顶多是个土大款、暴发户。想一想八十年代那会儿我们身边的万元户,哪个都没少被人当面背后的挤兑,吃你喝你还瞧不上你。电影这玩意好像也是同样道理。

18

丁磊家歪歪斜斜的老式书架上堆满了书,《无线电原理》《外星人离我们有多远》《旅行必读》《环境如何改变人类》《园艺》,光大小不一的世界地图就有五六张,但一本与文学相关的书都没有。我知道,他现在对人类全无兴趣,对外星人也一样,起码他跟我从没探讨过什么外星人的问题。他对无线电一窍不通,他家里不仅没有电视也没有电脑,只有一台收音机,但从没见他开过。长这么大他从未出过远门,最远只到过北戴河,还是拜我所赐。"园艺"?他家里可能连盆塑料花都没有。至于"环境",天哪,这一点,你只要看一看他凌乱的屋子就足够了。

要知道,大学时代丁磊可是个读书狂,还写诗,在校园里办《五月花》文学杂志,典型的文艺青年。我记得他写过一首诗叫《今夜》,当年在北京的大学生中间广为流传。"就在今夜,我们驮着整箱的啤酒,和五彩缤纷的姑娘,三过家门而不入……"

那时,丁磊与四川"非非"的杨黎,南京"他们"的韩东等诗人经常通信,与北京自称无产者的诗人阿坚通宵喝酒,讨论文学,乐观、幽默而不失果敢。大学毕业前夕,他把所有的书一股脑全都送进了废品收购站,换的钱,当晚请我们大家喝了酒。所有的人都醉了,抱头痛哭,只有丁磊默默地坐在角落里,大口大口地抽着烟。我记得,那天夜里没有星星没有月亮,风,不停的刮,纸屑漫天飞舞,像长了翅膀的精灵。

想当年,我之所以对文学产生兴趣,完全来自于丁磊的影响和启蒙。毕业后,我俩虽然差不多十天半月喝顿酒,但从不聊文学、艺术,有时我试图把话题往那个方向引,但他从不接茬。难道他果真把那句"奥斯威辛之后,写诗是可耻的"的话当真了?我不知道。在我看来,无论这个世界如何动荡如何不尽如人意,无论你经历过怎样的伤痛,生活总还要继续下去。该写诗的还要写诗,该作画的还要作画。只是这些话到了丁磊面前,我说不出口。

可即便如此,京城文艺圈的大事小情,各种活动总是少不了他的身影。他既不写作也不谈论文学,更不像一些落魄文人絮絮叨叨,一边哀叹抱怨时下文坛不景气一边追溯"当年勇",他看上去唯一跟文艺沾边的,就是他那一头枯草般蓬乱稀疏的长发,还扎了根猴皮筋,辫梢比耗子尾巴还要细一些。他去了哪儿只是找个角落安安静静地一坐,从不串桌,常有人主动过来跟他打招呼,年轻的后生更是丁老师长丁老师短地叫着,俨然面对一位文学前辈。外地来的同龄人一口一个"久闻大名"。当年与他一同厮混的文艺青年,如今有的成了著名导演,有的成了一线歌星,有的成了著名作家,平时一个个威风凛凛,意气风发,但见了丁磊立刻起身相迎,拍拍打打,拥抱寒暄。所以,在一些大的场合,只要他坐哪桌,哪桌注定人满为患。即便来晚了的人,隔着老远也要先冲他摇摇手,喊句"老丁!"。这家伙似笑非笑地点点头,一副不卑不亢的样子,不知道的还以为他是什么大人物呢。一些初出茅庐的小青年不明所以,"他,谁呀?""操,老丁啊,你连丁磊都不认识?"问话的人若有所思地"啊——"一声,心里指不定偷偷念叨多少遍"丁磊丁磊",咱哥们得记住了,下次可不能再出糗了。

开始我不理解他的那些"老朋友"何以如此对他？丁磊慢悠悠地说，"很简单啊，我们打小在一块鬼混，我是最了解他们底细的人，但我对他们谁都构不成威胁，更不会没事揭他们的老底儿玩。再有就是，他们之间表面上一团和气，背地里却勾心斗角。他们这样对我，无非是想表明虽然他们现在牛逼了，混起来了，但咱还是念旧的重感情的人。你想啊，老朋友都落魄成这样了，人家还不离不弃的，简直就他妈的是伟大人格呀。其实我只是他们的一个借口，一个被同情被可怜的对象。"

这些年，我和丁磊在一起瞎混，也认识了许多初出茅庐的文艺青年，或是过了气但暂时还不想断气的娱乐圈人士。他们经常打电话约我喝酒，大概因为我这人面善，为人态度比较温和吧。喝酒的时候，他们滔滔不绝，尽情宣泄心中的烦恼、焦虑，及无人赏识的苦闷。我基本上扮演一个良好的倾听者的角色，眼睛一刻不离地瞧着对方，该点头时点头，该沉默时保持安静，全都是这么表明的。你看，我是不是还挺环保。他们中有人指天发誓，等他出了大名，一定拜托我写传记，有人恳请我帮助写剧本，当然是自传性质的，说是只有我最了解他们一路走过来的艰辛，甚至名字都想好了。中心意思是，今后等有了钱大伙儿一块赚，决不会像那些忘恩负义的王八蛋，更不能让我这个垃圾桶的角色白当。可等他们中的某人真的一夜成名，再见面就指不定猴年马月了。即使见了，一个个也是客客气气，眼神游离，心不在焉。我理解了丁磊的感受，从不主动与他们打招呼，不是我跟人家怄气，而是跟他们打招呼的人实在太多了，多我一个少我一个，关系不大。如你所知，那些明星们隔着老远甚至还没进门，你马上就能感觉到一股强大的气场，他们就像一块吸铁石，把人们的头全都吸引到一个方向。这时候，我总是习惯性地偏过头，跟身边的人随便聊点什么，可人家这边跟我说着话，眼睛却一眼不眨地围着明星的身影左右移动，真是没办法。

饭局上，那些业已成名的画家，导演，歌星，一个个被他们的老婆盯得死死的。哪个文艺女青年多看她们老公一眼，她们的神情便紧张起来，同时不忘死死地盯着你，剜上一眼。那意思是，注意了，我可记着你呢。这种场面总是显得很有趣，起码我作为一个旁观者这么觉得。

从事演艺行业的歌手、影星、导演从不聊钱，因为他们各自有自己的经纪人，如果你不识好歹主动发问，他们会面无表情地甩给你一张经纪人的名片，让你去跟经纪人谈。画家们在一起除了喜欢聊些画派、风格之类的话题，就是喜欢聊这个或那个经纪人，谁的画展宣传、策划搞得好，谁更善于推销，顺应潮流，谁的画廊又要组织画家去哪个国家举办展览了，哪个吝啬哪个慷慨，谁付钱爽快，谁拖泥带水。他们为此争论不休，唾沫星子飞溅，完全不顾及身边人的感受，不知道的以为他们不是一群画家，反倒更像是经纪人的角色。作家和诗人倒是从不聊钱，因为他们的东西基本上换不来钱，更没有什么经纪人，所以，他们就好像有资格站在道德的最高点上，对那些人冷嘲热讽，背后称演艺界人士为"戏子"，挖苦画家为"钱串子"，他们说起话来言语辛辣刻毒，却也妙趣横生，"他们穷得只剩下钱了，而我们恰恰缺少那些小纸片。"

此类聚会最多的是以某某独立电影首映、七九八的画展、新书发布会为主，其中尤以自印诗集为最，简称"发书"。诗人发书要么在腌臜小馆，十几二十个人，挤挤插插地坐在一桌，筷子都伸不开。要么就是丽江、三亚之类的知名风景区，受邀的文坛大腕中腕济济一堂，飞机往返，吃住在五星级宾馆，临走还有大把的钞票奉上，简称"车马费"。但是天下没有免费的午餐，你回去要写篇三五千字的评论，当然得是溢美之词，只是在文章的最后加几句必要的"但是"那种，否则，下次出门游玩就没你的份了。

这些聚会，最有意思最能闹最敢闹的也是这帮子诗人，喝得不省人事的是他们，喝到半道互抢酒瓶子的也是他们。他们搂脖子抱腰亲如兄弟，滔滔不绝，妙语连珠，结局无外乎一个个喝得东倒西歪，甚至有人把屎拉在饭店的椅子上。外人惊愕，恶心，圈里人说说笑笑，没几天也就过去了。晚辈称前辈"大师"，前辈视晚辈"天才"。他们在一起喝酒时，只要不在场的诗人都是"狗屎"或"垃圾"。

我开玩笑，"这一晚上我见到的大师和天才，恐怕比一辈子还要多。"

丁磊大笑，"这也算是一种精神支撑吧，不然的话，这年头他们怎么熬得下去呢。"

多年后，"大师"们为了养家糊口在小报上开"娱乐至死"的专栏，写些不痛不痒的时政评论，或策划影视剧。"天才"们在五环外开黑车，过着昼伏夜出，黑白颠倒的日子，或在比他们小得多的人面前规规矩矩地面试，灰溜溜地在私企里打杂跑腿。又一个典型的"互害"社会的缩影。

有时，我和丁磊在地铁里或公交车上聊天，他嘴里冷不丁冒出一个如雷贯耳的明星的名字，常常会引起安静的车厢不小骚动。好奇的人用疑惑的目光上下打量我俩一番。我的衣着普通平常，既不显山露水也不至于让人侧目。他就不同了，什么衣服穿在他身上，都显得松松垮垮的，即使他穿的是名牌，照样能穿出颓废气质来。就是说，不是他穿了什么，而是他穿什么都不同凡响。这些年，丁磊没少拣我的剩衣服穿，给什么穿什么，从不挑肥拣瘦，但只要他一穿上，就变成了另外一件衣服。我叫它"丁磊牌"的。在文艺圈，他这样的穿着叫个性，在普通人眼里确定无疑就只能是邂逅了。

有人不无鄙夷地乜斜他一眼,有人脸上挂着大度的微笑,但意思只有一个——就你,就你这副尊荣,还昨晚上跟那个大人物坐在一起,举杯狂欢?开什么国际玩笑。吹牛也找错地方了吧。丁磊这时候才意识到,此时此地,他的那番话是多么的不合时宜,于是,羞红着脸,头埋得低低的,像个谎言被当场戳穿的小孩子,窘迫,难为情的双手绞在一起,恨不能拧成一根麻花。但有时候,他喝高了,就变得肆无忌惮,不管不顾了。他会猛地提高嗓门,把某个大明星挖苦得一文不值,把他知道的文艺圈的那点糗事,一股脑地全都安在了那个人的身上。吐沫横飞,连说带比划,肢体语言极为丰富,像是在做一场激情四溢的演讲。车上的人以为他疯了,表情慌乱,纷纷避让。我强忍住笑,不说话也不劝阻。这么一通臭骂,他倒是解气了。于是车到站,我俩赶紧下车走人,甭管到没到地方。估计,这会儿他又醒过味来了,害羞了。

丁磊在朋友中是个人见人爱的家伙,大家对他津津乐道,甚至引以为豪,颇有点"我的朋友胡适之"的意思。但这只是在大面上,许多人在一些事关重大的场合聚会,并不一定叫上他,既怕他添乱,也怕他一时兴起,胡说八道,搅了人家的正事。

丁磊在我那本薄薄的小说集《一蹶不振》的封底写道:何继东不可避免地活到了可耻的中年。青春已逝,那个年代已逝,在这个暧昧不明的新时代,为了抵抗全面崩溃的随波逐流,他妄图通过写作,寻求人生何以自救的蛛丝马迹。但他心里清楚,这一切都是徒劳的,充其量只能削弱进一步蒙羞的可能。

如果我没有记错,这大概是他大学毕业后写过的唯——段比较文学的文字。

19

我就是弄不懂,一个人整晚坐在电视机前,捏着个遥控器翻来覆去地看那些莫名其妙的电视剧有什么劲。要我看,她还不如出去跳跳广场舞,只要不扰民,急行军似的快走也不错,起码对身心健康还是有益的。

听我这么说,赵小艳的眼睛都瞪圆了,好像我刚才的话对她是一种冒犯,"你什么意思?我好歹也是个公司经理,我才不去干那些丢人现眼没品位的事呢。"

"那,咱们出去散散步,你看怎么样?"

"我可不像你,我在外面忙了一天了,我现在只想看看电视剧,放松放松。"她的眼睛一眼不眨地盯着一部家庭伦理剧,饶有兴趣地继续看起来。

我不无悲哀地想,类似的剧情,我们家不是每天都在上演吗?赵小艳下班,推门第一句话就是"快累死我了。"一家人吃完饭,我去刷碗,然后开始给她按摩、捶背,何想也跟着凑热闹。"还是我儿子心疼我,妈有你这么个好儿子,知足了。你说说,我这是哪辈子积的德呀。"赵小艳心花怒放。其实,她心里比谁都清楚,何想每次这么积极表现的时候,准是又想让赵小艳给他买这买那了。我不知道何想像谁,这孩子小时候可是个倔脾气,吃软不吃硬。他最喜欢玩那些死亡和冒险的游戏，而且总是扮演冲锋在前的勇士角色。走在大街上，他会突然挥舞着不知从哪里学来的功夫，嘴里伴随着"嗨嗨"的怒吼声，要么就是一只手抓住假想敌，身体旋转，另一只手臂从上往下刺杀，目光凶狠，模仿《第一滴血》里的硬汉史泰龙。上中学后，这孩子不知怎么变得很孤僻，他怕挨老师批评，怕受同学孤立，怕被亲人忽视，让人觉得他整天活得提心吊胆的。赵小艳一度还怕他长大了在外面吃亏呢，现在她不用担心了。何想可会来事儿了，也变得越来越自私，甚至不择手段。一旦有什么需要，他从不明说，而是揣摩他妈的心思，要不就是陪他妈逛商场，或是陪他妈轻声细语地说话聊天，孝顺得有点过头。不用说，赵小艳为了回报儿子，那是要什么买什么，甚至主动买一送一。

"你不能这么惯孩子，这样下去对他以后没好处。"我看不过去。

"谁的儿子谁不惯，再说了，咱孩子的要求也是正当的，并不过分。别人家的孩子穿耐克，凭什么咱儿子穿李宁啊，让人瞧不起。孩子在学校能抬起头吗？这会对他的身心健康产生负面影响，何想的性格已经够内向了，我们要培养他的自信心，只有这样往后才能在社会上立足。"赵小艳振振有词。这时候，她就把爱国呀，支持国产品牌呀之类的大道理统统抛在脑后了。

我懒得当孩子面揭她的短，与她争辩，继而发生不必要的争吵。你想想，我总是跟他妈唱对台戏，长此以往，何想心里对我能不反感吗？不怀恨在心就不错了。何想小时候喜欢用崇拜的眼神仰头望着我，并模仿我的一举一动，他模仿我说话的语气，模仿我走路的姿态，模仿我的笑声，何想是左撇子，为了学我穿衣服的动作，他可是费了不少劲呢。赵小艳回答不了的问题，他不以为意，"等爸爸回家我就知道了"或者"我去问爸爸，他准知道"。

好像只要一提我，就足以使宇宙中的所有问题得以解决。这一切是什么时候改变的？我怎么一点都想不起来了。

可即便她给何想买耐克鞋也尽量去奥克莱斯这样的打折店，或者进大商场直奔打折柜台，先看价钱，再看款式，牌子一定要大牌子，但能省点是点。可现在的孩子哪儿那么好蒙啊，个个火眼金睛，一看过时货，眉头皱得像个小老头，试都不肯试，"我可不穿这样的老古董，穿出去还不够丢人的。"何想哭咧咧地一跺脚，就差撒泼打滚了。

无奈，赵小艳只能一通安抚，"下次妈带你一块去买，你随便挑。"

"我要乔飞，要最新款的。"

"好，我儿子就是要飞机，妈也给你买，这总行了吧。"然后，赵小艳气呼呼地对我说，"你，明天抽空去把鞋退了。"

"这种打折的鞋人家能给退吗？要不然我凑合着穿算了，我不嫌弃。"

"给你穿糟践了，我还舍不得呢。"

我和何想一老一少，两个大男人，一个愁眉苦脸，一个嬉皮笑脸，一边一个伺候她，赵小艳很受用，嘴里哼哼唧唧地发出满足的"哎哟"声。"儿子啊，等妈养足精神，明天继续出外面给你赚大钱，今后一定让你娶上个漂漂亮亮的好媳妇。"

何想一声不吭。

"还有一条，一定要孝敬婆婆，这一点至关重要。"我在旁边心里那个气呀，你这个当妈的不是犯贱吗，这么大点的孩子，你跟他说这些干什么，但除了说点打擦边球的怪话，我别无他法。有时候，我觉得自己在家里像个尔虞我诈的政客，只会冷嘲热讽，从不正面强攻。

何想气呼呼地瞪我一眼。

"至于孝不孝敬公公,那可要看他自己的表现了。对吧,我的乖儿子。"赵小艳得意地看着儿子说。

"你们还有完没完了,说点别的不行啊。"何想小声嘀咕道,声音像个娇滴滴的女孩子。这也太让我失望了。

"好了好了,不说了。再说我儿子可要不高兴了啊。"

有时候,她明明知道我刚在书房里刚坐下,准备写点东西或是看看书,偏偏这时候传来她的敲门声,隔着门叫我下楼买瓶酱油或买袋盐,搞得我心烦意乱,"家里不是还剩半瓶吗?"

"叫你去就快去,哪儿那么多废话。万一哪天炒菜发现没有了那不抓瞎了。有个备份我才放心,这叫有备无患,懂吗。"自从做生意以来,她无形中又多了种忧患意识。

"懂,我懂。"我边说边噔噔噔一溜儿小跑下楼去了。

擦根晾衣竿她也得叫我,可我擦完了,她又不放心,"看你毛手毛脚,心不在焉的样子,擦干净了吗?"说完,她站在椅子上,亲自动手再擦一遍。这无异于脱裤子放屁,费两遍事儿。如果她让我干什么动作慢了,或是有些不耐烦,她就絮絮叨叨地呵斥我,"不就是让你干点举手之劳的小事吗,看你哭丧个脸,又不是让你致悼词。"

"让我干什么都没问题,你一次性说完好吗?"我拼命压住内心的怒火。

"你看你,拖拖拉拉的,一点东北大老爷们的麻利劲儿都没有,说话还文绉绉的,典型的酸文假醋。"当初,我俩谈恋爱的时候,她欣慰地说,我身上没有一点东北男人的大男子主义派头,说话慢条斯理,脾气不急不躁,而如今我的那些优点全都变成了缺点,甚至成了她嘲讽我的理由,"你说我一天到晚累死累活的容易吗?我还不全是为了这个家呀。"又是"为了这个家",不说这句话她能憋死吗?

"行了,你别唠叨了好不好?你好像还不累,还可以这样大声嚷嚷。"我从没见过一个像她这样精力充沛的女人。一天到晚忙个不停,说个不停。

"如果我不朝你嚷嚷,你永远不会照我说的去做。你忍着点吧,我还唠叨,哼,我已经算是相当不错了。再好,我就成圣人了。"她理直气壮地回敬道。

你瞧瞧,这像不像咱们电视剧里的情节。如果我再加那么点虚构,加一点不咸不淡拖泥带水的对话,就这么有小节,伸出两集电视剧不成问题吧。

20

最近,她又不可救药地迷上了电视里的养生节目。"说到底,电视剧这东西不当吃不当喝的,这个才是真正与我们生活息息相关的。我现在终于明白了,没有什么比一个人的健康更重要了。"这时候的她像个不谙世事的小姑娘,让你哭笑不得。这个台看完,手中的遥控器一按,又转到了另一个台,反正,差不多哪个频道都有那么一两档子令人眼花缭乱的养生节目。其狂轰滥炸的密集程度一点不亚于那些俗不可耐的电视连续剧,这类节目就是专门为老年人和她们这帮中年妇女开办的。想想吧,这是一个多大的收视群体呀。这么大块肥肉,那些唯利是图的电视台怎么会轻易放过呢?

这下,我们家可倒霉了。那些号称医治胳膊腿的节目还好说,大不了她照猫画虎学着电视里的专家敲敲这儿拍拍那儿,姿势难拿点,咱忍一忍也就罢了。她还跟电视里学跳健身舞,何想也被她连哄带骗地加入了进去。两人在客厅里又蹦又跳,我常常有一种置身于动物园的感觉。本来,何想开始不想跳,但见我眉头紧皱,才跟着凑热闹,他是故意气我呢。

有一阵子,赵小艳听说生吃茄子包治百病,但必须得是长条的紫色茄子,于是,我们家就上顿茄子下顿茄子的吃,吃得我和何想的脸都快变成茄子色儿了。在我的一再鼓动之下，何想头一次跟我穿了回"同一条裤子"。估计，她后来自己也吃腻烦了，这才匆匆作罢。可没消停几天，她不知道又从哪儿听说吃绿豆包治百病，我们家又开始吃绿豆，再后来是生姜、黄豆。我和何想都要联名绝食抗议了。她却说，"吃什么不是吃，填饱肚子就行呗。反正我保证吃这些东西准没有害处。"

赵小艳对养生节目的痴迷已经到了无孔不入的程度，连洗手这类本不值一提的小事情，她也不肯放过。怎么洗，洗多长时间，多一秒不行少一秒也不行，还把如何洗手的正确方法打印出来，贴在洗手池的上方，真是个地地道道的死脑瓜骨。但即便如此，她还像老鹰似的监视我和何想，我不明白她这么做到底图什么。好在我从中终于找到了她的学生时代，任凭怎么用功学习成绩始终上不去的根源了。

晚上看电视的时候，她还要跟我和何想一起泡脚，说是阴阳互补。那种泡脚盆的广告说，孝敬爹妈最好的方式就是给你的爹妈买一个这样的洗脚盆。跟"孝敬爸妈脑白金"一路货色。她给何想钱让他去超市买，自己美滋滋地等在外面，然后开车拉回家里。她的同事来我们家打麻将时，她告诉人家说是儿子用压岁钱"孝敬"她的，何想在一旁听了都替她难为情，"妈，你别说了。"她的那些女同事们在一旁假模假式地对何想的行为交口称赞。我注意到，女人在一块聊天永远都是顺茬儿说话，从不当面得罪人，心里话只留在背后说，还一个比一个尖酸苛刻。

她和何想临睡觉前，叫上我，我们一家三口一块儿做眼保健操，说是互相监督，不然坚持起来有难度。她喊"预备——齐，一二三四，二二三四……"我的老天爷呀，这是怎样一副滑稽可笑的生活场景啊！还他妈的让不让人活了？

最恶心人的偏方是生吞活泥鳅。她从菜市场买回一大盆活泥鳅，点名道姓让我先试吃，我当然不从。"我又不想成为老妖精，凭什么拿我当试验品。健康长寿人人向往，但要讲究科学，不能听风就是雨，恕不从命。"何想见状，吐了吐舌头，闪身把自己反锁在房间里，死活不肯出来。

赵小艳皱着眉头，拎起一条滑溜溜的泥鳅的尾巴，捏着鼻子，几次想放进嘴里，但最后还是选择了放弃。那盆泥鳅鱼在我家里养了三四天，我看着心烦，做了个干煸泥鳅，一家人吃得热火朝天。赵小艳一抹嘴巴，长舒一口气，"不管怎么说，总算没有浪费。"她总是有本事把什么事情都能跟经济挂上钩。

在我看来，婚姻几乎没有什么快乐可言，只有无休无止无穷无尽无边无际的忍耐，就像做一项你痛恨的工作——既没有勇气离开，从中也得不到丝毫的乐趣。就是这样。我和赵小艳这半辈子就是从各种磕碰、别别扭扭，再到逐渐适应、麻木中走过来的。在我认识的朋友当中，有哪对夫妻是相亲相爱的？我想了一圈，还真找不出来。我就很少看见石强两口子在一块好好说过话，他从不正眼看他那漂亮的老婆一眼，每次他漂亮的老婆说点什么，他的眉头就皱得老高，完全是一副怒目相向的架势。不是她说了什么，而是只要她开口，就像是对他的一种冒犯。他的老婆会在他上厕所的时候小声抱怨几句，但听上去更像是对他的伤害挺骄傲似的。章宏伟与老婆一直貌合神离，我猜，他心里恨不能自己老婆有一天出门出车祸死掉才好呢。赵一凡更是从来不带老婆出门见人，就当没有她那个人一样，想当初，他为了追老婆可是下足了本钱，就差下跪了。相对来说，还是丁磊过得好些，可惜他是单身。有没有所谓幸福美满的婚姻？肯定有，只是凤毛麟爪。可即便如此，当他们回首自己的婚姻生活时，也是注定充满遗憾的，只是那些见不得人的想法，不便提及，以免破坏了他们在人们心目中捍卫婚姻的良好形象罢了。

21

前些天，我看上了郊区一处生态园，租期三十年，总共十九万。这是好听的说法，其实就是塑料大棚，总共五百多平方米，独门独院。按我的设想，盖间卧室和客厅，搭个葡萄架，种些果树，要不了多久，这里就会变成一处浪漫之地，而女人无疑是天生的浪漫产物。我以为，她会毫不犹豫地租下来，但我忘了，女人更是现实的产物，尤其是一个正处于生意场上春风得意，大施拳脚的女人。我说，你可以周末带何想去那里放松放松，我保证一年四季为家里提供充足的蔬菜，瓜果梨桃。她去看了，我指给她说，哪里建种植区、休闲区，哪里摆个秋千。我还告诉她，到时候我会专门养几只纯种的老母鸡，下的蛋全都留给她们娘俩当早餐，自己保证一个不吃。我特意强调，现在市场上的鸡蛋都是吃激素的鸡下的，不安全，尤其是对正在长身体的小伙子，这一点尤为重要。我说得唾沫四溅，就跟真事儿似的。见她仍有些犹豫，我再接再厉。我不无遗憾地搓着双手，继续说下去，"如果地方再大一点，我本可以养头猪，到春节杀了好过年，要是再弄个鱼塘就更完美了。"你看，我要是再养头牛，然后骑在牛背上，戴一顶草帽，吹吹牧笛怎么样？我激动得都快把那块八分地说成农林牧副渔全面发展了。她终于像是被我说动了，兴致勃勃地不住点头，还跑去跟人家砍价，直砍到十七万五，我暗暗冲她伸大拇指为她叫好，我以为这件事没跑了。老板夸她是个生意场上的高手，她很得意。但她开车在周围转了一圈，眉头猛地皱了起来，她停下车，趴在方向盘上闭着眼睛想了一会儿。我预感到大事不妙。果然，她改主意了，觉得"这里离铁路太近，头顶上还有高压线，升值潜力空间有限"，像个女企业家那样，大手一挥，否了。

女人的浪漫是写在脸上的，是动感的，骨子里真正的框架现实而实际，来不得半点含糊。两者之间从不妥协，如果需要投票，后者永远是胜利的一方，甚至连谈判桌都没有存在的必要。当然，钱是她赚的，买不买是她的自由，我没有决定权。老实说，这是我俩共同生活多年以来，我为数不多的建议。

另一个是北戴河，当初北京房子实行限购之后，她开始向北京周边战略大转移，我建议她可不可以在北戴河投点资。她轻蔑地笑笑，"那里早就被炒过头了，你想让我去给他们拔蹶子吗？记住，当卖豆腐的都知道去哪里投资的时候，就说明那个地方已经没有任何的投资价值了。"

"那么，咱们在那里租一套房，为我每年冬天在北戴河的写作提供一些方便，怎么样？你跟何想没事的时候也可以周末去走走。"我心有不甘。关于北戴河，以及在那里发生的故事，我现在暂时不说，我想留在后面慢慢聊。

"大冬天的，我有病啊。你以为全世界的人都像你似的，好好的家不待，喜欢没事跑那儿找罪受。你自己想去就明说，别转弯抹角的好不好？"

"实不相瞒，我的确有这个意思。"

她再次轻蔑地笑笑。我浑身的不自在，你老婆这样冲你笑，你不可能自在。

我真的很后悔，干吗跟她说这个。我想转身离开，但来不及了。

她拦住我,"着什么急呀,我话还没说完呢。"她飞快地算了一笔账,以我每年冬天一个月在那里生活半个月计算,住宾馆一天房费一百元(这个她知道),一个冬天四个月,正好六千元,而租房,不仅要付房租,水电煤气,取暖费物业费,再买一些必要的锅碗瓢盆,四个月下来少说也得万八千的。她的这笔账,算得我心服口服,鸡叨米似的连连点头,很是羞愧,不出三分钟就把我搞定了,"你觉得我的分析有没有道理?当然,你也可以说说你的理由。"她用她那套惯用的"民主"口吻问我。

"有道理,太有道理了,我怎么就没有想到呢?"我拍拍脑袋。但当时我脑子里想的却是,这才几年工夫啊,生活怎么竟然把一个加减乘除都离不开计算器的女人,磨砺成了一个精明透顶的女商人呢。

有时候,我觉得我和赵小艳简直无法在一起生活,但思来想去,也没有办法真正迈开离开她的脚步。毕竟,我已不再年轻,我是一个女人的丈夫,更是一个十七岁男孩的父亲。这就是每当我觉得我们两口子走到了忍无可忍的边缘,又被重新拉回来的原因。同时,我还不无悲哀地发现,其实我和赵小艳完全可以继续走下去,且手挽手,走很远很远,直到我们忘记丈量路上的距离,直到我们忘记时间的滴答声,直到我们其中一个中途倒地不起,撒手人寰。如果不幸她先我一步离去,说不定我还会哭天抹泪地怀念她呢。

既然无法离开,那我就要想办法开拓自己的生活空间,以抵抗婚姻的平庸与乏味。我是这么说的也是这么做的,下面我要讲的故事就是确凿的佐证。

22

没有谁愿意捧着本书,长久地读你家里的那点破事,很容易让人厌倦的,这个我当然懂。那么暂且到此为止,现在我想另起一段,专门说说小熊的故事,兴许你会感兴趣。

我该怎么介绍我的这位如此特殊如此重要的朋友出场呢,说实话,我为此是颇费了一番心思的。我设计了几个开场白,但效果并不理想,不是显得太庸俗就是过于郑重。我相信我的这个朋友不会喜欢。那么,我干脆直说吧,免得浪费口舌。它是一只叫泰迪熊的毛绒玩具。这样的小熊你一定在哪儿见过,可能你家里偏巧就有那么一两只。我在商场、超市,还有临街的玩具店,看到过许多与它长得一模一样的小熊,它们一排排一列列,甚至一堆堆地相互挤压在一起,但我还是觉得我家的小熊与它们不一样,具体的原因我也说不清楚,这有点"孩子永远自己的好"的意思。

在这里,我不妨首先描摹一番它的相貌。它的个子不足一尺高,脚却大得像拳击手套,软绵绵肉乎乎的,所以,它永远不可能安安稳稳地站在一个地方,必须得依靠一个支撑点。它没有手指、脚趾,肚子微凸,睁着一双树脂材料的大眼睛,但并不显得空洞,眼神静默,略显忧伤而无辜,憨态可掬,身上唯一穿的是件带美国国旗图案的小毛衣。

此刻，它就坐在我的电脑前，一只手扶着荧屏框，一只手拍拍我的肩膀，用探寻的目光盯着我，那意思像在问，"写我干什么，是你太无聊了吗？"它的神情举止，看上去就像是我的老板。

我知道，有些作家专门为了一只狗或一只猫写过小说，这不足为奇。但好像迄今为止，还没人为了一只玩具熊写点什么，我决定试试。我承认，无论猫还是狗，它们都是通人性的，对人有一种天然的亲近感和依赖感，它们在主人孤单寂寞的时候，陪伴左右，默默地给人类以慰藉、安抚。它们跟我们一样是血肉之躯，这一点尤为重要。而我的小熊不过是只由一缕缕绒线缝合的产物，肚子里的填塞物是棉絮，指不定还是黑心棉呢。

我曾经也动过养条狗的心思，但像我这种人，一年四季这跑一趟那跑一趟，常常不在家，尤其冬天，差不多一半的时间都要在北戴河度过，实在不现实。狗是需要有人陪伴的，而相互之间，一旦建立起感情，想出门，就得三思了。赵小艳根本指望不上，她对小动物从来就没有好奇心，说句不好听的，她真正关心的，除了何想只有她自己。何想这一点倒是随她，只是更绝，他的心里只有他自己，连他可怜的妈妈都没有。

我知道，许多人羡慕我这种常年在家上班的人。在他们看来，这年头，只要不用起早贪黑，早出晚归，差不多就是仅次于上帝的角色了。常有人这么说，"唉，我什么时候能过上你这样潇洒的日子，这辈子就他妈的知足了。"我只是笑笑，很少解释。而如果对方明明是个想挣钱想疯了的人这么说，我就会夸夸其谈，故意放大"潇洒"的感受，狠狠地刺激他一番。因为我的这种生活并不是每个人都过不起，而是许多人自己不会选择去过。他们对赚钱或别的兴趣更大一些，这当然无可厚非。我讨厌的是他们的这套说辞。钱让你们赚了，威风让你们抖了，别人过过"清静"的小日子，你都"羡慕"，凭什么呀！还让不让别人活了，对吧。

其实，人世间哪有这么便宜的好事，一个人无论你是正常上下班，还是在家里工作，你都得想办法养家糊口。在外奔波的辛苦自不必说，可常年在家的日子并不见得就好过。首先，你要耐得住寂寞，这可不是一天两天，也不是一年两年，很可能得一辈子。中间想打退堂鼓，半路脱逃，你得想清楚了，老大不小的再出去上班，人家谁会要你？另外，多年宅在家里你已经习惯了自己的生活节奏，你还能适应外面马不停蹄的奔波吗？其次，你得养成自律的好习惯。你也知道，人这种东西具有天生的惰性，在单位上班，老板的鞭子举得高高的，你不得不呼哧带喘地紧忙乎，生怕被炒鱿鱼。而一旦回到家里工作，头顶上没有了鞭子的呼啸声，只剩下一大片白花花的天花板，你会习惯吗？你还能保持原来高度紧张的工作状态且常年如一日永不松懈吗？也许用不了多久，你可能就会吊儿郎当下去，说不定待成个废物。再次，除了努力工作，你必须得喜欢点什么，就是说你要有所交流，才不会疯掉。总之，很多很多。我不是吓唬你。

说实话，一个人常年在家，长此以往，你的身上会出现某种返祖现象——承继了穴居人昼伏夜出的习性。与人打交道时，常常不知所措，总有种说不清的隔阂感，让人误以为你是拒人于千里之外的傲慢，其实根本不是那么回事。就算是在公众场合，你也会常常陷入一种莫名的孤独。聊天，心不在焉，说话，语无伦次。你的朋友一天天减少自己却浑然不觉，直到某一天，你才恍然大悟，但你并不想主动与谁恢复关系，渐渐地，也就习惯了。在北京这个走马灯似的城市里，也许你并不需要太多的朋友，有的人跟大家在一块儿相处得好好的，但说没影就没影了，隔段时间（兴许几年），又不知道从什么地方突然冒了出来，大家照样有说有笑，该吃吃该喝喝，你会有一种恍如隔世的感觉。但并没有谁不知趣，死乞白赖地追问人家这段时间到底干什么去了？愿意说就说，不说肯定有自己的理由。所以，你要打消掏心窝子交朋友的念头，不然伤心伤肺，挺不值当的。这时候你才领悟到"人生得一知己足矣"一词是多么的精准、不易。好像每一个移民城市都有这个特点。

我想过，即使没有小熊，久而久之一个人待在家里，我可能也会对别的什么东西产生感情。兴许是其他的小玩具，兴许是一只茶杯，一个饮料瓶，一把椅子，这都说不准。一个人注定是需要倾诉的，况且，我是一个作家，如果在编剧和写小说之间选择一种职业称呼，我愿意选择后者。

我每年只在初夏给小熊洗一次澡，用我的飘柔洗浴液，动作轻柔，尽量避免揉搓的损伤，缩短它的寿命，就像对待小时候的何想那样。脱掉星条旗的它浑身光溜溜、湿漉漉的，枕着一只手臂躺在我的书房米色阳台上，那里于它不亚于一片宽阔的沙滩。我给它戴上赵小艳的雷朋墨镜，嘴边放一根粗大的签字笔，跷着二郎腿，这样它的派头看起来像个在海边悠闲度假的土豪金，威风凛凛，当然也有些滑稽可笑。

"请问先生，我还有什么可以效劳的？随时听候您的吩咐。"我开玩笑。

"闪开，你挡住我的阳光了。"它傲慢地说。

有一次，丁磊来我家，看见它这副傲慢的模样，抬起巴掌，给它来了个醍醐灌顶，"谁呀，这么牛逼。"我心疼地喊了声"操"后面的两个脏字被我生生咽了下去。

"怎么了？你没事吧？"丁磊不解地看着我。

"没什么，没什么。"我连忙把他拉出书房。我知道我有些失态了。

丁磊走后，我急忙去看小熊，"疼吗？"

"只是有点头晕。"它抚摸着大脑袋，委屈地说。

我把它搂在怀里,轻轻按摩它的头部,"对不起,都是我不好。我保证以后绝对不会让人再碰你一个手指头。"

"别担心,过一会儿我就会好的。"

"那,我们一块儿睡一觉。怎么样?"

"太好了,哈哈。我还没有跟你一块儿睡过觉呢。我们在哪儿睡?就在这儿?"

"天哪!你觉得我能伸开腿吗?"我看了看阳台。

小熊不好意思地笑了,"你说我们睡哪儿?"

"当然是睡床上。"

"赵小艳知道会不会生气?"

"我不会让她知道,放心吧。"

平时小熊脏了,我只给它掸掸灰尘,以免它说我迫害它。我从不拿它当枕头或靠垫,甚至我的身体不经意间压到它的一根绒毛,我都会一惊一乍地从沙发上跳起来。如果我和它玩的时候,让它做劈叉的动作,或是跳个迪斯科,它总是要先问问,"这样的动作,会损伤我的寿命吗?"

"你还挺惜命。"

"那是,我要陪你到老,等你去世的时候,我好陪你一块下葬。要是真的有天堂,我们在那里还做最好的朋友,我们永远在一起。"

我把它紧紧抱在怀里,"咱们一言为定。"

23

说起来,小熊来我家纯属偶然。它是保险公司职员带来的小礼物。当年,赵小艳不知道抽什么风,自作主张地帮我上了份意外险和大病险。我这人向来不相信保险公司,觉得他们就是一些合理合法的骗子,除非万不得已,我劝你不要买任何保险或其他随便被他们吹嘘得天花乱坠的理财产品。他们只会从你的兜里掏钱,然后给你画一张你以为可以充饥的大饼。什么每年交多少钱(当然是递增的),二十年后如何如何,还美其名曰替你规划未来,帮你理财,听上去一个个奸商跟他妈的活雷锋似的,鬼才相信。在这个几乎无官不贪的时代,说不定二十年后你的保险单就是一张废纸。即使没有社会动荡,以现在的通胀速度,二十年后我们的物价飞涨到什么程度,谁都不敢说,总之,保险公司许诺返还给你的那点钱,现在听上去可能数目不小,可到时候恐怕连你存银行的活期都不如。

可赵小艳根本不买我的账,而且未经我的同意人就带来了,钱也掏了,只等我签字了。年轻的女保险员耐心地坐在我家的沙发上,听着我在客厅里比比划划地大发牢骚。她的嘴角有两个甜甜的酒窝,眼睛是月亮的形状,始终面带微笑,一言不发。我相信,只要处在工作状态,她的表情就一直会是这样,甭管她内心有多么大的痛苦，好像干她们这种工作的天生就有这本事。就算你现在上去抽她两嘴巴，她的表情也不会有丝毫的变化。她可真够职业的。临走，女保险员从手提包里把小熊掏出来，双手递到我面前，说了句"不成敬意"，匆匆溜之大吉。我怒气冲冲地随手把小熊塞进大衣柜的夹层。也许它在那个黑暗的角落里足足憋屈了一年之久，直到有一天，我在大衣柜翻找换季的衣服，才无意中发现了它。它睁着一双水汪汪的大眼睛（当时我真的这么认为），可怜巴巴地望着我，双手颤巍巍地冲我抖动着，像是要我抱抱，或是向我发出呼救的信号——赶紧把它从水深火热的黑暗之中拯救出来。

　　我动了恻隐之心，将它放在阳台上。正午的阳光照进来，我双手托腮盯着它看了好一会儿。我感到它在微笑，是那种极尽讨好你的生动的微笑，我也情不自禁地被它逗得哈哈大笑起来。我笑得放松、畅快，我不记得自己什么时候这样笑过。过了会儿，它充满好奇地抬头望望窗外的天空，看看身处洁净明亮的房间，仿佛一滴泪挂在腮边，正悄悄滑落。它是喜极而泣吗？还是受尽委屈之后的哭诉？我从来都不知道，一只小小的玩具竟会如此这般打动我。我扶着它的双手在阳台上慢慢行走，手一松，它匍匐倒地，肥厚的屁股下面的小尾巴一翘一翘地抖动着，笑死人了。我边笑边假装替它擦眼泪。它破涕为笑了，猛地扑进我的怀里，双脚又蹬又踹地撒起娇来。我轻拍它的后背，哼着摇篮曲。就在那一刻，我不可救药地爱上了这个小家伙。

　　每天我起床，赵小艳和何想该上班的上班该上学的上学了。我穿过书房洗脸刷牙前，都会主动跟它打声招呼，"早晨好！"

　　"今天你的心情不错呀。"小熊的声音懒洋洋的，难道它也是刚睡醒？它的声音有时候像樱桃小丸子，有时候像蜡笔小新。当然，更多的时候可能前一句像声音清脆的樱桃小丸子（必须是蓝心湄的配音），后一句就变成了蜡笔小新含混不清的语调。这得看它的心情。在所有的动画片里，他俩的声音我最喜欢也最为熟悉。当初，我特意从箱子底儿把这两部片子的 VCD 翻出来，和小熊并排坐在沙发上，环抱双臂，经过一番讨论之后共同选定的。有时候，我跟它开玩笑，教它说一口大碴子味的东北话，但它表情厌恶地把头转向一边，还坚定地摇晃着它的大脑袋，以示强调，"这件事没什么好商量的，你就不要再啰唆了。"

如果吃过早饭，我没心思写剧本或者想写也写不下去，我俩就坐下来聊天，话题海阔天空，几乎无所不包。大多是最近困扰我的问题，偶尔是与赵小艳生气吵架过后的反省。我问它答或它问我答。我说话的声音很大，相信我的邻居们一定以为我不是一个人在家。有时候，我生气会在空荡荡的屋子里小声骂人，它也跟着骂，还歪戴着我的波士顿红袜队的棒球帽，故意像个街头小痞子那样骂得流里流气怪腔怪调，让人哭笑不得。"你干吗取笑我，我这可是在帮你出气呢。不识好歹的东西。"它生气了，学着赵小艳的腔调对我的态度表达不满。

不管怎么说，这时候我的心情总是放松的，许多平时想不开的问题，聊着聊着，突然变得清晰起来，即便有些问题，暂时没有聊通聊透，但人也不那么疑虑重重，郁郁寡欢了。近几年，宗教信仰这个问题一直困扰着我，如你所知，人到中年不信点什么，心里总归不踏实。可想信一时半会又信不起来，这就很闹心，挺折磨人的。我知道，一个人有信仰可能会活得比较踏实、安宁，对死亡也不会像平常人那样恐惧而无助。这很好。作为东方人，我对佛陀有一种天然的亲近感，可现如今佛教被国人弄成了祈求升官发财、生孩子的恶俗工具。有些居士聊起佛教头头是道，言必"众生平等"，口口声声"有缘而来，无缘而去。来的不推，去的不送。"可骨子里对"无缘"之人极端的歧视，生活中为人又极端自私，优越感十足。我问，"如果我的厨房里有蟑螂怎么办？要不要用杀虫剂杀死它们？""不行，不能杀生。""可你知道，蟑螂的繁殖能力很强。也许用不了多久，整栋楼的住户都会不得安宁的。""那也不许杀生。""你的意思是我得那它们当宠物养着？""反正不能杀生。"

我也不想杀生，但问题是怎么办？我是在向他们寻求解决之道，而他们只是傲慢、机械地回应我"不能杀生"。好像我的问题根本不值一提，太小儿科了。之后，我又向多位居士虚心请教，他们的回答如出一辙，从没有人愿意认认真真地坐下来跟我探讨，或是明确表示自己也不知道，待我向师傅请教后再作答。

还有，那些深藏苍松翠柏的素食馆大多是居士开的，装修高档豪华，价钱更是贵得离谱，比吃真正的山珍海味还贵，也是做成山珍海味的形状，连味道都丝毫不差，简直可以用"惟妙惟肖"一词来形容。他们干吗就不能老老实实地做成原汁原味的呢？我想不通。如果我没有理解错，从大乘佛教的角度来说，刻意把素食做成荤食即是起杀心。看着居士们在这样的素食馆里谈论佛法，总觉得有什么不对头。

打开《圣经》，头一页就是"神说，要有光，就有了光。"我心里"咯噔"一下，怎么跟神话似的呀。说实话，我要是生活在基督教国家从小就洗礼了，咱另说，可我打小是受唯物主义教育长大的，这就一时半会难以适应，死活转不过来弯。再看里面的内容，有的很哲理，有的很凶残，有的很搞笑，像一部百科全书，包罗万象，看着倒是挺有意思的。还有，让人反感的是，许多基督徒经常在大街上发传单，让你去某个教堂参加礼拜，还拦着人不让走，就差拽你脖领子了。我相信他们是好心，是虔诚的基督徒，他们急人所急的心情也可以理解，但，有这么传教的吗？

更让我大为不解的是，有些心怀信仰的人，一边在教会、寺院及力所能及的范围内，放弃宝贵的个人休息时间做义工，一边又利用职权大肆贪污，行贿受贿，真正做到了革命生产两不误。莫非他们是想通过做义工来赎罪，以减轻精神负担，抑或是用贪腐的手段弥补做义工带来的损失？

我把这些懵懂的宗教困惑讲给小熊听，它对我表示同情的同时，好像比我更困惑，时不时用它的大手挠挠大脑袋，一副爱莫能助的样子，"咱们就不能说点别的吗？"

当然，我俩在一起并不总是这么严肃，闲着没事也经常扯闲篇儿。

"你觉得人活着有意思吗？"小熊问。

"有时候还行，有时候其实也挺没劲的。"

"那，什么时候还行，什么时候没劲呢？"

"吃吃喝喝挺好，拉屎撒尿就没劲。有时候，我倒是挺羡慕你呢。"

"为什么呢？"

"你看你，虽然不能吃香的喝辣的，但你也没有拉屎撒尿的烦恼，尤其是赶上便秘、跑肚拉稀，坐在马桶上甭提多尴尬了。"

"还有放屁。"

"对，还有放屁。"

"要是你蹲在马桶上，对面正好有一面镜子，看见自己的这副尊荣是很让人绝望的。有时候我觉得人很龌龊，如果可以选择，我倒是宁愿跟你互换角色。"

"我不知道便泌和跑肚拉稀的滋味，听你这么一说我倒是挺欣慰的。哈哈，原来你们人活着也怪不容易的。"

"你这么幸灾乐祸的干什么？我还特纳闷，有的人凭什么总是活得得意洋洋的一副人定胜天状，好像他们从来没想过人的困境、局限。我瞎猜啊，上帝当初造人时，之所以让每个人都有些优点也有些缺点,防的就是他们这种人。你可以长得帅身材好,但同时也会让你得痔疮狐臭脚臭,而长得丑的人,上帝会给你配上聪明的头脑,灵巧的双手。总之,不能什么好事都可着你一个人来。但他们怎么就不能领会上帝他老人家的良苦用心呢?如果他们也像我一样想,他们也会意识到人的渺小,从而懂得谦逊、悲悯,懂得尊重别人及一切与我们共存的物种,当然,也包括你们这些小玩具。"

"说实话,你之所以愿意跟我聊天,是不是想从我这里得到启发,好把我引发出来的一些奇思妙想写进你的小说里。"

我学着它的样子,故意装作不好意思地挠挠头,"这个,这个问题吗?"小熊的嘴巴长得像个小小的"O"型。当我遇到什么问题需要征求它的意见,它就会把一只没有手指的手放在肥厚的耳朵后面,仰天做思考状,"这个,这个问题吗?"好玩极了。

"老实交代,不许遮遮掩掩。"

"如果可以我当然想在我的小说前面署上你的名字,可惜,你没有署名权。所以呢,我这也不能算是剽窃。你说是吧。"我冲它做了个鬼脸。

"那,你总得想点什么补救措施吧。"

"怎么补救?"

"比如,你可以每年冬天带我去一趟北戴河怎么样?算是奖励,我看我这个主意就不错。"

"那,好吧。"我长叹一声。

有时候,我还会跟它一本正经地聊一篇小说的构思,遇到困难、障碍,我们共同商量着解决。写完之后,我一字一句地读给它听,请它最后再提提意见。末了,我总是情不自禁地轻轻揉搓着它的大脑袋瓜以示感谢,可它却故意像个西方人那样,耸耸肩膀,仿佛在告诉我,"这没什么了不起,往后你要向我请教的问题多着呢，咱们别这么一惊一乍的好不好。"

待我收拾好心情，抖擞精神，准备进书房工作，它会在后面大喊一声，"继东君，可要加油哦！"声音悦耳动听，不用说，那是樱桃小丸子的专利。真是让人听不够啊。可当我写剧本遇到难题想向它求助时，它就双手堵住大耳朵，"你就不能让我清静一会儿吗？"

如果赶上我心情不好，即使从它身边走过，对它也是视而不见，不理不睬的。它会气鼓鼓地高声大叫，"臭屁，打起精神来！"小熊是我最要好的朋友，实不相瞒，连李雅都赶不上我和它的关系亲近。我高兴的时候，经常特意跑到它身前放屁，憋气运气，以便尽量放得响亮点，再响亮点。我跟赵小艳一块生活了二十年，从未这么放肆过。为此，它给我起了这么个不雅的绰号。算是小小的报复吧。

24

天渐渐地热起来，我亲自动手为小熊用毛巾缝制了一件小背心，是我特意去超市挑选的泰迪熊图案，商标耷拉在肚兜上，这样看起来它的怀里就像抱着个小弟弟。两个小家伙都是一副喜气洋洋讨人喜欢的乖巧模样，你若看见相信也会忍不住笑出声来的。

白天，我一个人在家，电视基本固定在高网频道，没有网球比赛才调到高清体育，我平时只看与体育有关的电视节目。尽管我的职业是编剧，但我从不看咱们的影视剧，因为我太了解我们的审查制度了，什么让播什么不让播，一清二楚。你从中吸取不到任何营养，所以，根本不值得一看。只要有网球比赛，哪怕是重播或回放，我照看不误。我和小熊，并排坐在沙发上，为了与我保持同一高度，它坚决要求一定要坐在沙发靠背上，按它的话说"平等"是天赋人权。我俩常常大呼小叫，为我喜爱的球员加油鼓劲。赢了，我俩击掌相庆，欢呼雀跃，输了，我俩同样唉声叹气，瘫坐在沙发上一言不发。屋子里静静的，阳光隔着薄薄的窗纱照射进来，它沮丧无辜的表情，又把我给逗乐了。我一笑，它也跟着笑。"逗你玩儿"它学的是相声前辈马三立的腔调。这个可真不是我教它的。

要是正好赶上李雅主持的比赛，我就会安静许多，只顾着专心致志地盯着李雅看，这让小熊非常郁闷。李雅说过，我不仅要看她主持的比赛，赛后，还要对她的英语发音，衣着妆容进行点评。小熊很生气，"你这个重色轻友的家伙。"趁我不备，抽冷子一击直拳或摆拳打在我脸上。如果我还不识时务，它甚至会恼怒地跳将起来，打出一套疾风骤雨般的组合拳。我佯装倒地，它会大惊失色地呼喊我的名字，用它的"哦"型小嘴给我做人工呼吸。见我偷偷睁开眼睛，它才哈哈大笑。我躺在地上，随手把它高高举起，抛向空中。这多少有点像我和何想在他小时候经常一起玩的游戏，我们在床上地上翻滚、追逐，嬉笑打闹。有时候，我会不自觉地轻轻放下小熊，一个人叼着烟，站在阳台上。我怀念陪伴何想长大的那些时光，但我深知，那也是一去不复返的时光。

我家里有许多小玩具，有的是赵小艳在超市买东西抽奖得的，有的是何想过生日同学送的礼物，但都是认识小熊之后才被我收留的。起初，我是想留一两个陪小熊作伴，谁知越积越多，想扔又舍不得。通常，我把它们统统摆在书房阳台的一角，要是有朋友来家里，我就事先拉上窗帘，把它们挡在后面，免得让他们看见，丁磊那次给小熊一记醍醐灌顶的教训，必须吸取。除了房门，我们家只有两把锁，一把是赵小艳锁保险柜的，另一把是我锁书房的。我们互不干涉，所以，只要我不在，我的书房一般不会有人进去。

那些小玩具有的是老虎造型的枕头，有的是小猪造型的靠垫，还有的是小牛造型的拖鞋。凡是比小熊个子大的，它一律让我把它们摆在阳台的最里面，说这样摆放整齐，不占地方，是为了美观，视觉效果好。我当然明白它的那点小心思，它是想让那些大个子在阳光下暴晒，同时又能给它遮阴凉。它在那些小玩具里自称"老大"，还不喜欢别的小玩具叫它"小熊哥"，说那样显得不够威严，不宜树立威信。它喜欢把比它个子小的小玩具抱在怀里，哄它们睡觉，给它们讲故事听，像个温和的大哥哥，对大个子们它可就没那么友好了，生怕人家密谋抢班夺权。它当着我的面时不时骑在老虎或小猪的背上，策马扬鞭，耀武扬威。那片小小的天地简直成了它称王称霸作威作福的地盘了。我几次想与之理论，但想想还是算了，免得伤和气。

小熊嫉妒心很强，如果我故意跟别的小玩具开玩笑，不搭理它，它就怒不可遏地死死盯着我，一言不发，小胸脯气得鼓鼓的，还恶狠狠地扬言要把我的丑事全都告诉赵小艳。当然，它是指我和李雅在电话里做爱的事了。它知道我所有的秘密。

有时候，我和小熊吵架，相互指责，其他的小玩具一律偏向它而埋怨我的不是。它们一个个挥舞着小拳头，唧唧喳喳，义愤填膺，吵得我心烦。我不得不提醒它们，"我家的小玩具要减员了，因为有一些听话的小玩具将要成为这个家的一员。你们对我啥态度，我可都记着呢，怎么表现自己掂量着办。"它们面面相觑，可怜巴巴地垂下头，一副低头认罪的样子，连平日里一贯盛气凌人的小熊都耷拉着大脑袋，吓得不敢吭气了。开始，我还有些得意洋洋地在书房里踱来踱去，突然，内心一阵羞愧，甚至不好意思直视它们的眼睛，"我、我只是跟你们，开个玩笑，你们可千万别介意呀，啊！"我低声说，像是在乞求它们的原谅。

小熊突然哈哈大笑起来，"你以为我们真的怕你，有没有搞错。实话告诉你吧，我们已经成立了小玩具自我保护协会，听说，那些小植物、小动物也组成了同样的协会。你要是胆敢对我们不公平，或者说是想虐待我们，我们就联合起来去告你，信不信？"

"你们的心还挺齐，你们什么时候成立的这些乱七八糟的协会？"

"这叫有备无患，弟兄们，对不对？"

"对！"那些小家伙齐声响应。

它们在小小的阳台上爆发出一阵胜利的欢庆。我似乎听见小植物、小动物们也配合着拍起了巴掌。

我情绪低落的时候，常常一言不发，目光低垂，还时不时发出一声不由自主的叹息。小熊规规矩矩地坐在我旁边，大气不敢出，只是静静地望着我，一副为我操心为我分忧的神态，这时候，我总有一种想流泪的感觉。我感到真的有一个真实的朋友在陪伴我，与我共渡难关。我抚摸着它肥厚的大耳朵，"是我自己的问题，与你无关。你该玩玩你的。"它的下颚抵在我的肩头，一只大手轻轻拍打着我的后背，好像我是个刚刚喝奶不小心打了嗝的婴儿。

我不仅跟小熊说话聊天，也跟鱼缸里的锦鲤，竹筐中喂养的小乌龟，以及阳台上书房里养的花花草草，交流紧密。我家里养了两缸鱼，一缸是陶瓷的鱼缸，摆在书房地上的正中央，它的直径足有一米，鱼在里面游起来显得很宽敞。客厅阳台上是个半圆形的玻璃缸，比较而言就局促许多。开始，我在陶瓷缸放的是大一些的锦鲤，玻璃缸放些小的。要说那些鱼们也真够没良心的，我养了它们几年，可除了我给它们喂食，平时只要我一凑近想静静地观赏它们一会儿，它们就好像商量好了似的，要么一个个躲在水草下面，要么沉入缸底，一动不动，眼睛却滴溜溜转个不停。我对它们轻声细语地说话，它们理都不理。我动之以情晓之以理，但根本不起任何作用，人家照样该怎样还怎样，我心里那个气呀。我给它们换水的时候，刚把抽水管放入水中，它们就噼里啪啦地游动起来，好像我不是来给它们清洁环境，而是来伤害它们。可想而知，水抽完没多大工夫，缸子里的水就又变得浑浊不堪了，基本等于白忙活。我决定对它们采取奖罚制度。如果我凑近玻璃缸，哪条鱼大大方方，不躲不藏，哪怕与我隔窗相望，对视三秒钟，我就会毫不犹豫地把它捞到陶瓷缸里，待上一星期（我每周给它们换一次水），然后把陶瓷缸里一条在我换水时，噼里扑通上下翻飞,闹腾得最欢的鱼,捞到玻璃缸里作为惩罚。如果哪条鱼,在我絮絮叨叨的时候,一眼不眨,耐心倾听,我就奖励它到陶瓷缸住上两个星期。如果有鱼不幸身亡,我就把它埋在花盆里,默哀三分钟,同时,让两个鱼缸里的鱼禁食一天,以示对它们的同类表示沉痛的哀悼。我知道,这有些孩子气,但总的来说效果还不错。

我养了两只小乌龟。我知道它们喜欢阳光,经常把竹筐放在阳台上,还铺了些鹅卵石。我在阳台看书时,它们懒洋洋的,一动不动,好像我打扰了它们宁静的生活,只是偶尔才伸伸胳膊腿。但是,我在客厅或房间里却经常听见鹅卵石发出巨大的哗啦啦的响声,这说明什么,说明它们在走动,而且速度还不慢。我每天喂它们龟粮时,它俩儿从不在我的面前进食。我只得假装走开,躲在墙垛一侧向内窥视,好一会儿它俩才警觉地一点点接近食物,吃食之前,还要东瞧瞧西望望,这时候,它们总能毫不费力地发现藏在暗处观望的我,然后,急匆匆地爬回原处,就像它们从来不曾走动过。我总不能就这么跟它们大眼瞪小眼吧,我当然耗不过它们,只能灰溜溜地离开。可等我忙过一阵子,回来一瞧,龟粮被它们吃得干干净净。我感到无辜、愤怒,作为主人,或者说作为它们的食物提供者,我认为我有权利观看、监督它们的进食情况。我冲它俩大吵大嚷。人家倒好,缩着头,一声不吭,眼皮都懒得抬一下,像是我不够有修养,不屑与我争辩似的。你说可不可气。

我还养了很多花,大大小小,有十几盆。喜阴的,我尽量放在背阴的角落,喜阳的搬到阳光下,以便它们吸收足够的养分。我定期为它们施肥、剪枝、松土。我只用鱼水给它们浇水,伺候得可谓无微不至。可它们并不理解我的一片苦心,一个个长得病病歪歪,蔫头耷脑的。我不得不坐下来对着它们发几句牢骚,喷几句垃圾话。可不久，它们不是这个死了就是那个亡了。它们的自尊心可真够强的，难道批评几句都不行吗？但我并没有因此抛弃它们，我觉得花也是需要陪伴的，它们同样需要交流、嬉戏，甚至吵个架什么的，这样活下去才不至于太孤单。起码，我这么认为。于是，我一次次前赴后继奔赴来广营的花卉市场，倔强地用自行车把一盆盆水灵灵鲜嫩嫩的花卉植物驮回家。幸运的是，现在我家里的花们长势良好，看来，我的良苦用心终于得到了些许的回报。我为此感到骄傲。

25

小熊对我时不时跟鱼呀花呀小乌龟呀，甚至跟我家的大衣柜、自行车、电脑说话也妒忌的要死要活。"什么人啊，逮着谁都絮絮叨叨说个没完，怪不得赵小艳看不上你。哼！"这时候，我只能走过去安抚它，单独逗它玩一会儿。

我写小说的时候，常常把它放在一把舒舒服服的玩具竹椅里，让它半倚半靠，跷着二郎腿陪着我。它一眼不眨，满脸崇拜地注视着我，像我的小情人似的。写累了，我俩就随便聊几句，告诉它，我在写什么，我还想接着写什么。它规规矩矩地不住点头，从不插话，更不会像平时那样像个对方辩友似的跟我争论不休，没一会儿消停时候。如果可能，它会乐此不疲地为我沏茶倒水，削个水果什么的，然后，为了不打扰我的写作，蹑手蹑脚地离开，轻轻掩上房门。对此，我深信不疑。

有一年冬天，为了践行自己的承诺，我真的带小熊去了趟北戴河。每年一入冬，该到我去北戴河写作的时候，它就开始提醒我，"做人要守城信，否则，还不如一头毛驴。"我一再搪塞，直到实在过意不去，才硬着头皮成行。

我把它藏在双肩包里，特意在拉链处留出一道缝隙，以便它能自由呼吸。可它还是大为不满，觉得自己受到了屈辱，指责我忘恩负义，故意虐待它，根本没有拿它当朋友对待。一路上，我对它的这番胡搅蛮缠一筹莫展，我只能悄声告诉它，"假如我在火车上像在家里那样与它聊得不亦乐乎，插科打诨，别的旅客准以为我是个精神病患者。"

好在到了阒无一人的海边，我就连忙把它提溜出来。我俩并排坐在背风的礁石下，望着不远处波澜不惊的海浪轻缓地一波波袭来，吐出大片大片的白色泡沫。"大海可真大呀！"它的心情明显有了好转。

我每天带它沿着我惯常的路线散步。它的头稍稍探出双肩包一点点，一般人是不会在意的，况且，路上基本没有行人，偶尔会碰到一两个清洁工，但他们只顾埋头在树林里清理落叶，很少抬头，他们对游人早已失去了兴趣。我指给它看碧螺塔、鸽子窝和三十六号楼前报废的飞机，但大多数时间，我都很沉默，自顾自地低头行走，偶尔停下来在手机备忘录上记点什么。我怕它说我故意冷落它，便解释说，通常我散步的时候是在构思小说，请你不必多想。回到宾馆，我迫不及待地坐下来，第一时间把备忘录上的东西整理出来，形成文字。小熊还算懂事，很少打扰我。

冬天的海边，冷风刺骨。一出门，我必须奔跑，以便让身体尽快暖和起来，不然越走越冷，人都能冻成冰棍。我的头顶上冒着蒸蒸热气，它高兴地在我身后大呼小叫，还不时催促我，"驾，驾，快点，再快点！"我累得背靠礁石弯腰大口喘气，"你就不怕我累死，让我歇会儿行吗？"它却边摇头边咯咯地笑个不停。

"你傻笑什么呀？"

"我不傻，你才傻呢。"

"我怎么傻了？"

"你不傻怎么会跟我们小玩具交朋友，大概这个世界上没有比你更傻的人了。"

"你的意思是,我不应该跟你们交朋友,对吗?"

"不,不是。臭屁,我是觉得自己很幸运,有你这么个朋友。"

"这么说还差不多。"

它用一只肉乎乎的大手不停地为我擦拭额头上的汗水。

我欣慰地笑了。

晚上睡觉前,我把小熊独自放在窗台上,让它看外面的大海,尽管黑咕隆咚的什么都看不见,只能听到海浪的哗哗声,因为是深夜,声音大得有点不真实。

我问它,"害怕吗?"

它认真地想了想,"不怕,有你在,我什么都不怕。"

我不知道,在这个世界上除了小熊,还有谁会这样需要我信任我。我感动得差点脱口而出,以后,我冬天每次来北戴河,都带上你。幸亏,我还残存那么点理智,接连咽了两口唾沫,忍住了。我轻轻给它围上宾馆的大浴巾,道了句"晚安",便上床睡觉了。

回家之后,小熊坐在小玩具中间,"出去转转,真是大开眼界呀。"它打了个长长的哈欠,"我得睡一会儿,太累了。"它在故意卖官司。我就知道,它准会这么干。

那些小玩具眼巴巴地看着它,谁都不敢吭声。它终于还是没忍住,重新坐起来,滔滔不绝地把它在北戴河的所见所闻,讲给它的弟兄们听。那些小玩具羡慕得心痒痒,吵着闹着非要我也带它们去海边"大开眼界"。我笑着说,"如果那样的话,人家准以为我是捡破烂的。再说了,你们就不怕我借机报复,把你们一个个统统扔进大海里喂鲨鱼。"那些小家伙们吓得面如死灰,瑟瑟发抖。

小熊得意地问,"你们说大海是什么颜色呀?"

"当然是蓝色的。"小玩具们齐声回答。

"错,眼见为实。大海的颜色是,怎么说呢,越是天气晴朗的时候,尤其是天空湛蓝湛蓝的时候,大海的颜色反而越是发暗,是那种类似于发亮的铁灰色。"

"啊!真的吗?"

"不信,你们问臭屁。"小熊环抱双臂。

"它说的是真的。但,大海的颜色是随着天气的变化而变化,并没有一种固定的颜色,而是一个万花筒,赤橙黄绿青蓝紫。小熊,你刚出一趟门,就自以为知晓天下事,未免有些轻狂吧。如果下次还想跟我一块出去混,最好低调些。我说的对吗?"

"对,对对对。臭屁说得对。"小熊鸡叨米似的,冲我连连点头。

"天不早了,大家洗洗睡吧。"

前些天,赵小艳的姐姐从澳洲出差带回来一只小巧的紫粉色的小熊,身上有一股好闻的薰衣草的味道(它让我想起李雅嘴巴的味道),我本来不想要,但考虑到小熊来我家五年了,也算老大不小了,给它找个媳妇应该是个不错的选择。再有就是,娶了媳妇之后,它在它那帮弟兄们面前可能就不会那么霸道了吧。

我刚把澳洲小熊摆在小熊身边,它立刻变得安静下来,脸红红的,一副扭捏的样子。开始,它俩不说话,各自目视前方,眼神躲躲闪闪的,但没多久,它俩的手就悄悄牵到了一起,偶尔羞涩地看上对方一眼,但还是不说话。我这才明白,哈哈,原来是语言不通啊。去欧洲过春节之前,我教了小熊几句英文,又教了澳洲的小熊几句汉语。

回家一瞧,好吗,它俩正聊得不亦乐乎,一会儿英语一会儿汉语的,根本没有发现我的存在。

我瞧着小熊,"找个时间把事办了吧。咱们家也好热闹热闹。"

"办什么呀?"它跟我装傻充愣。

"有情人终成眷属!"它的弟兄们鼓掌欢呼。

"小熊哥还娶了个洋媳妇。哈哈哈。"是 HelloKitty。她是这个玩具大家庭中最小的一员。

小熊羞答答低下头,"臭屁,你说了算,我全听你的。"

26

赵小艳父母家一直保持着传统的老北京人的生活方式。其显著特征是每周的周六或周日,必须有一天得在父母家里过,雷打不动,尽量凑齐所有的人。过去是三世同堂,现在是四世同堂,大家热热闹闹地大吃一顿,然后各就各位,支起麻将桌,直打到三更半夜,才各自散去。赵小艳家子女多,三哥一姐,她排行老五,再加上各自唧唧喳喳的小辈,真是要多热闹有多热闹。早些年,她父母家只有两间平房,加一块不到四十平方米,炕上地下哪儿哪儿都是人,挤得像沙丁鱼罐头,连个下脚的地方都没有。我受不了这份闹哄,尽量找借口不去。丈母娘的电话一个接一个,我才不得不去凑凑热闹,摆个样子。"你瞧瞧,一大家子人凑一起多好,高高兴兴乐乐呵呵的,又是吃又是玩,临走还不让你们空着手。"她实在搞不懂,为什么会有人不喜欢这种阖家欢乐,其乐融融的大家庭,"别的孩子来都是一家三口,就你们家少一个,街坊邻居该怎么看?咱们可是规规矩矩的本分人家,不能让外人背后说三道四的。"敢情她为的是这个。

我私底下跟赵一凡聊过,许是少小离家,许是性格所致,我对他们家这种大家族式的生活很不适应,况且,我又不会打麻将,在那儿书又看不了,整个人五脊六兽的,感觉很别扭。当然,偶尔过一过这样的日子，我倒也不反对，但形成一种固定的模式，就让我有些犯难，提前一天就开始紧张。赵一凡说，他也不愿意每周都回去，可母命难抗啊。"你知道，老人家含辛茹苦地把我们五个子女拉扯大，不容易。平时他们老两口生活太孤单，老人家这么大岁数了，咱们做小辈的就耐心点哄她高兴呗。万一我们不去，气着了他们，到时候我们可就吃不了兜着走了。哥们，我们要从大局出发，也算是尽一份孝道，你说是吧。"我听出来了，他这是在暗中指责我。

平心而论，赵一凡无论作为老同学还是大舅哥，待我一向不薄。为了我，这些年他可没少费心。当初介绍我给电影频道做翻译，后来又帮我联系写电视剧，包括找出版社出我的短篇小说集，都是他一个人跑上跑下地张罗，从没抱怨过一句。我的短篇小说集《一蹶不振》出版后，市场和评论圈几乎没有任何响动。你也知道，这年头出版一本小说不容易，况且还是短篇集，全靠赵一凡的面子，出版社才勉强印了五千册，销售状况可想而知。赵一凡在他的专栏《一凡这么看》中，写了篇抨击时下文学创作低俗化的文章，把我的小说集单独拎出来大加赞赏，甚至不惜拔高到"这样睿智、深刻的小说，不能成为畅销书是我们这个时代的耻辱"。结果，三天之内光京东就销出去一百多本。可见，他的号召力有多大。

当年，我写的那个《露天小饭馆》的电视电影准备播出时，丈母娘恨不得把她家大杂院里的男女老少统统聚到她家里。那架势，一点不亚于八十年代初，普通老百姓家刚有电视机的场景。影片播完了，是演职员字幕，可编剧的名字不是我，而是"工责康"。丈母娘傻眼了，街坊邻居闷头不响，鱼贯而出。这让她觉得自己丢了很大面子，打电话质问我，"何继东，这到底是怎么回事？你必须给我说清楚。"

"这个名字是我翻字典随便找的,翻到哪页算哪页,就成了这样。"

"好端端的,你干吗不用自己的名字,何继东不是挺好听的吗?就算起笔名,你也不能叫工责康啊,多难听呀。"

"我的本名是写小说用的,剧本写完后,我也想起个好听点的笔名,可我不会起,就这么凑合着用吧。"

"什么叫凑合?你让我的老脸往哪儿搁,人家还以为我吹牛呢。"说完,啪的一声撂了电话,看样子丈母娘是真生气了。

不久,影片获得了当年电视电影最佳编剧的提名,电影频道的人给每个提名人拍了个小片。颁奖晚会播出的当天,老丈母娘挨家挨户地请,总算又把老邻居们凑齐了,我在镜头前磕磕巴巴地接受采访,丈母娘可不管我说了些什么,她异常兴奋地站起身,跳着脚,"快看,看!那个人就是我姑爷,你们都认识的。我没吹牛吧。"她终于出了一口恶气。

之后,我写剧本仍然沿用以前的方式,剧本写完,翻开新华字典,有时选两个字的,有时用三个字的名字,随心情。

"你干吗老换名字,这样能出名吗?谁知道那些剧本是你写的。"赵小艳也跟着凑热闹,

"我就是搞不懂你,写小说有什么用,能当饭吃?一篇小说辛辛苦苦地写出来,稿费才五七百块钱,你也好意思。同样的字数,剧本可能赚上万呢。甭管咋说,经济效益比写小说强得多,这你总得承认吧。你们当文人的自以为自己挺清高,其实屁都不是。现在的社会,谁还在乎这些呀。"

"你少管我,我又没耽误写剧本。我写小说只是业余爱好,再说了,没有写小说的基础,我能编出好剧本吗?"

"狗屁,你以为我不知道,你写剧本纯粹是为了养家糊口,是出于为人夫为人父的责任。我说得没错吧,何继东。"

"我还真小看你了。"

"那是。"赵小艳眼皮上翻,双手抱肩,冷笑一声。每次她从我的"嗓子眼儿看到屁眼儿"都是这么副臭德行。

这几年,或者说,自从赵小艳的收入陡增之后,丈母娘对我周末回不回去就不大上心了。她以我为荣的日子终于结束了。偶尔回去一趟,她也总是跟在我的屁股后面嘟啵,而且毫不掩饰对我的鄙视,"何继东,不是我说你,你也老大不小的了,你瞧瞧,现在咱们这个家里男男女女的,哪个不比你赚得多。妈知道,你这孩子聪明,可你要把本事用在刀刃上啊,千万不要再一天到晚写什么小说了。你呀,得好好了解了解赚钱的门道,说实在话,我都替你难为情,一个男子汉大丈夫赚得还没有媳妇多,好说不好听啊。"

"时代不同了,男女都一样。"我打哈哈。

"你少跟我耍贫嘴。何继东啊,我听说写电视剧挺赚钱的,你为什么死抱着电视电影不放呢。这人那得活的机灵点。就算你写电影也得写真正的电影啊,电影前面加上电视两个字就不值钱了,我说的对吧。最好是让那个张艺谋、冯小刚呀给咱们拍。我听说,这个好像比写电视剧还赚钱呢。"

"您老听说的还不少,可张、冯二位也得瞧得上咱啊。这事我还真做不了主。"

"那咱们就先写电视剧,一步步来。当初你为啥不写电视剧了呢,不是写得好好的吗?"

有一年,赵一凡给我介绍了个写电视剧的活儿,合作者是个老编剧,在行业内摸爬滚打多年。我一时心血来潮就接了。他负责写剧本大纲,我写分集,但我只拿五分之一的报酬,且不能署名,差不多就是个枪手的角色。这个我倒不在乎。按每集一万元的稿酬计算,二十集我能拿到六万块。我心想,权当体验生活了,都说电视剧的编剧不好干,基本上属于长工,平时吃糠咽菜,就差挨制片人的打骂了,只有剧本通过才能长出一口气,但想要拿到全款几乎不可能,制片人找茬刁难在所难免。

剧本初稿写了半年,又改了半年。头半年还好说,无非就是个吃苦,这个我有心理准备。修改的半年,几乎让人痛不欲生。我甚至打算把收下的一万元定金退还给老编剧,之前我干的活免费。可不行,人家说这是有合同的,违约要加倍赔偿。就是说,如果我现在选择撂挑子得赔制片方十二万。这笔钱在当年对我来说无异于天文数字。无奈,我只能硬着头皮继续改。十天八天,那家影视公司就提溜我去开次会。公司的四个董事、导演、副导演,就像在开我的批判会,鼻子不是鼻子脸不是脸的,一会儿说这么改,一会儿又要那么改,还不容争辩,只能照单全收。最可气的是,他们之间的意见往往不统一,我被他们当成了猴耍。我改了一稿又一稿,我终于懂得了编剧圈里为什么有最后一稿,最后一稿之一,最后一稿之二,最后一稿之三的说法,还真不是开玩笑。到后来,连我都不知道自己究竟改过多少稿了。那个老编剧要么有事不来,要么一言不发,会后他开导我,忍着点吧,年轻人,谁都是从奴隶到将军的,等有朝一日你写出了名气,他们就该拿八抬大轿请你了。可我他妈的不想当将军,所以我也没必要先给他们当奴隶。说我为了这个破剧本扒了一层皮一点不假。那半年,我被折磨得苦不堪言,不光食欲不振,还整宿整宿的睡不着觉。我的失眠症就是那时候落下的病根。赵小艳说我晚上睡觉眼神空洞,发绿光。丁磊跟我喝酒的时候,时不时伸出一只手在我眼前晃晃,甚至我找他喝酒都躲我了。李雅打完球,几次暗示让我去她家或去酒店开房,我都找借口推脱有事,匆匆忙忙逃之夭夭。"难道我是你家的黄脸婆!"李雅气得眉毛都竖起来了。

电视剧拍完,顺利上了地方卫视,据说还产生了不大不小的影响。老编剧的剧本费因此翻了一番,他主动找上门与我寻求继续合作,我拿稿酬的百分之四十,且享有剧本署名权。"这个待遇是很丰厚的,我看中的是你的人品,一般人要走到这一步,起码得五年。"他伸出一只油腻腻的大巴掌,用力在我眼前摇了摇。

这就像一个人刚从地狱里爬出来,刚透口气,又有人要把他推进去。

我知道,他手里起码接了两个甚至三个剧本,正分身乏术,不然他不会这么慈悲。我回答他,"你还是另请高明吧,我现在一看见电视剧剧本就犯恶心。"其实,我真正想说的是,我一看见你这么大岁数,为了挣点钱,在你儿子辈的人面前点头哈腰的可怜相,我就犯恶心。我认识的电视剧编剧,无论男女老少,见到制片人就像见了亲爹,男的低三下四,曲意迎合,女的搔首弄姿,嗲声嗲气,恨不能一头扎进制片人的怀里喂他奶吃。我他妈的彻底受够了。

我决心从此老老实实,规规矩矩地写我的电视电影,再不蹚电视剧的浑水了。之前,我对电视电影一次次的修改也是相当抵触,厌烦之极,现在态度变了,觉得制片人一个个像"可爱多",说的对咱虚心接受,不对的就耐心解释。毕竟,电视电影是小买卖,他们也没必要太较真。当然,那些在电视电影圈里混的人,骨子里都憋股劲,希望有朝一日能拍电视剧,好出大名。而一旦他们成了电视剧的制片人,照样颐指气使一副大佬派头,这几乎是一定的,我闭着眼睛都能想象出来他们的那副臭德行。

上次写电视剧的经历,让我刻骨铭心,至今想起来仍心有余悸。我发过誓,这辈子只要饿不死,打死也不再碰电视剧了。我不明白,一个人为了多赚些钱,干吗非要把自己搞得神经兮兮,痛不欲生,甚至还得低三下四呢?这样赚来的钱,花起来可不是滋味。如果说,人要想赚钱,付出一定的辛苦是天经地义的话,那么,在我看来,写电视剧赚的那点钱,与其付出的辛苦完全不成比例。简单地说,这个产出比不划算。打个比方,你只要拿出写电视剧的劲头,认真琢磨着把花生米炒好了,赚的钱恐怕并不比写电视剧少,而且这钱还赚得理直气壮,何乐而不为呢。

我不说话。

"这年头谁还看小说呀,像我们家一凡这样的文化名人都不看了。实话告诉你吧,你在杂志上发表的那些小说早就被我们家当废纸卖了。写小说既不赚钱又耗费精力,简直百无一用,你想想,是不是这个理儿?"

我扑哧一声笑了,"您老人家用词很准确,我还就喜欢百无一用这个词。"在我看来,正是因为"百无一用"才保护了写作的纯粹,在这个盛行勾兑的年代,也才显得尤为可贵。同时,写作或者说写小说,于我又的确不失为消耗生命的最好方式,你可以眼睁睁地看着时间在你欢喜的指缝间一分一秒地流失,会有一种,嗯,怎么说呢,一种莫名的兴奋感,一种作为人的真实存在感。

"何继东啊,何继东,你真是无药可救了,唉!"丈母娘双手一拍大腿。这让我想起了东北二人转,接下来她是不是该哭天抢地唱一句,"我的(地)那个天儿呀!"。

她们母女的腔调如出一辙,真是知女莫如母啊。

27

　　母亲去世以后，我每年入冬固定回一趟老家，如果没有特殊情况，一般选在老家下第一场雪的第二天。有时是根据天气预报，有时是父亲打电话过来，"东子，家里下雪了。"父亲的声音里有一丝兴奋。我知道，那是因为父亲巴望着我尽早回家待上几天。我们之间的话不多，聊得也都是乡里乡亲鸡毛蒜皮的小事，但父子俩能面对面坐下来，父亲就显得很满足。父亲不停地抽烟，总想找个彼此感兴趣的话头，可最后他还是半低着头，深深地吸一口烟，目光游移着把头转向窗外。这让我心里很不好受，只是我也很无奈，因为我同样不知道该说点什么，深聊更是不可能的。

　　闻讯，我匆匆打点行装，尽量赶早晨的第一班动车到沈阳，然后换乘大巴，坐到我的家乡新春市。新春市是县级市，前些年改的称呼，就是说，我是在县城里长大的孩子。

　　母亲临终前对我说，"等妈走了，如果你想看我，不用非得赶在清明节回来。你知道，咱们东北没有个像样的春天，那时候正是道路泥泞，寸步难行的时候。墓地里人声嘈杂，烟熏火燎的，咱娘俩想说个悄悄话啥的也不方便。你最好入冬来，要是赶上下雪天就再好不过了。儿子，你是大作家，你想象一下，清静的墓地被白皑皑的大雪覆盖着，你的脚印踩上去吱吱嘎嘎响，你给妈念念你写的小说呀剧本呀什么的,多好,保证没人打扰咱娘俩。你知道,妈这辈子就羡慕写写画画的人,不然当初我说什么也不会嫁给你爸,你说是吧。"母亲当年在"民国"时期上过国小,后来因为家里穷,念不起才被迫退学。我小时候读的故事书大都是母亲收集的,宝贝似的塞在炕柜的里层,轻易不示人。我哥想看都不行,说"你不是这块料"。

我不自觉地轻轻握住她的手,点点头,想阻止她说下去。"傻孩子,妈知道自己没几天好活了,但妈一点都不害怕。妈是要去见上帝的,天堂的日子怎么说也比这里好过些吧。"母亲笑了。

母亲是在晚年开始信天主教的。县城里有一座天主教堂,维修扩建时,母亲悄悄捐了一百万。说起来,母亲信天主教的理由有些可笑,她觉得佛教的寺庙太闹哄,受不了那里过于浓重的香火味儿,总咳嗽。"天主教堂肃穆安静也宽敞,给人一种庄严感。我尤其喜欢祷告,那样的环境总让人忍不住想忏悔点什么。说实话,妈不是真正的信徒,但我想啊,即使没有上帝在天上听着,我至少时不常地能把心里话说一说,总比憋屈在肚子里好受。妈不会强迫你去信教的,俗话说,强扭的瓜不甜。儿子,你还记不记得,当初你考大学的时候,妈一心想让你考中文系,可你死活不听,非要考外语学院,就喜欢那些曲里拐弯的字母,但到头来怎么样,还不是从文了。这就是命啊,你说是不是?妈是个开明的人,信不信教是你的自由,妈不也是到了六十多岁才开始信的教吗。"

母亲在我们县城的百货商店工作了一辈子,干过酱菜组、鞋帽组、布匹组,但干得时间最长的是收款处。母亲用心算法,看一眼小票,金额张口而出,算盘在她身边成了摆设,那年头人们到商店买东西都是几角几分的,算起来很麻烦。她上班时,收款处从未排过长队,更难能可贵的是,母亲还没有出现过晚上下班对不上账的情况，一次都没有，为此，母亲很骄傲。

退休后，母亲没有了用武之地，她又不会打麻将打牌，更不会像周围的家庭妇女那样东家走西家串地"传老婆舌"，日子过得没着没落的，就在家附近的县一中边上支了个煎饼摊。父亲觉得自己的老婆成了街头无证商贩，很是抬不起头，强烈要求她回家安度晚年，母亲不肯，她认为一个人只要凭本事赚钱，没什么可丢人的。最后老两口各让一步，煎饼摊可以支，但要到县城东头的农贸市场去支（我家在城西）。母亲不想办证，觉得太贵，摊位费、卫生费、工商税务等，七七八八算下来，基本上等于白忙活。她在农贸市场外面的一个小十字路口摆摊，位置不好，一天也就挣个一二十块的，但母亲挺知足。麻烦在于城管的骚扰，她被城管的人追得东逃西窜，还被没收、打砸过手推车，罚过款，按父亲的话说属于"屡教不改"理应"从重处罚"。母亲不甘示弱，恶狠狠地回应他"说话有劲，不在上粪多少"。头两年，手推车就换过三辆，母亲反倒愈挫愈勇，她的理由是：你没收我的手推车，那可是有成本的，我要挣回来吧。怎么办，还得继续干。为此，他们老两口没少起争执，父亲甚至扬言"离婚"，母亲二话不说，拽着父亲就走，父亲说，"你想干啥？""去民政局，离婚。"父亲怂了，直往后缩，"我不是怕你，我是怕给儿女造成不好的影响"。当时，父亲在县教育局当办公室主任，整天穿着四个明兜的中山服，干净利索，一脸严肃，人长得又周正，很有那么点大领导的派头。不然，他也不会极力干涉母亲摆摊，他是怕被熟人看见笑话。

后来，大姐从省城沈阳调回老家当纪委书记，工商部门很快上门给母亲办理了营业执照。大姐后来能成为全国清廉干部标兵，很大一部分原因在于，她虽然贵为纪委书记，但并没有为自己的亲属谋私利，母亲摆的煎饼摊就是最好的证明。

母亲的煎饼摊设在新建的农贸市场最好的位置，生意兴隆。

两年后，她顺利盘下了左右两个生意不大景气的摊位，经营面积一下子扩大了，足有四十平方米，跟一家小饭店的规模差不多。母亲一口气摆了十口锅摊煎饼，可谓声势浩大，她还起了个响当当的名字"赵老太秘制肉酱煎饼店"。我们那里的煎饼与北京不同，北京的煎饼里裹根油条或脆饼，而我家乡的煎饼里夹放的是炒熟的豆芽、土豆丝或胡萝卜丝。母亲的煎饼好吃主要在于酱，一般的煎饼摊只是抹一层东北的豆瓣酱，母亲用的酱是肉酱。酱是自己下的，母亲家的院子里并排摆了二三十口大缸。肉酱都是当天早晨现炸的，放在炉灶上小火咕嘟咕嘟地煨着，边上还需要一个专人不停地搅拌，以免煳锅。所以，顾客买的煎饼永远冒着蒸蒸热气。一锅肉酱卖完，一天的生意也就收摊了。通常是在下午一点左右，排队的人只能带着小小的遗憾，无奈散去。

　　母亲的生意越扩越大，还建起了分部，城里的三个大型农贸市场都有母亲的煎饼摊。每天早晨四点，父亲开着老年助力车，载着母亲先去买新鲜的猪肉，回到总店剁成肉丁，母亲亲自动手炸酱，然后，再让人把肉酱送到另外两个分店。

　　我每次回老家之前，都要去一趟位于北沙滩附近的《求是》杂志，那里的街边，经常有人鬼鬼祟祟地向路人兜售港版的名人传记，回忆录之类的书籍。这是个奇怪的现象。除了那里，我还真就不知道偌大的京城哪儿有卖这类书的。但我很为难，买吧，每次都提心吊胆，偷偷摸摸，生怕被便衣警察抓个现行，弄得怪丢人的。不买吧，回家看看我爸失望的眼神，就像你春节回去没给小孩子压岁钱似的，怎么都说不过去。

　　回到家，见了我爸，我第一件事就是把书急匆匆地掏出来，我爸如获至宝，兴奋得满面红光，嘴里跟我说着客套话，手在书的封面上不停地摩挲着，显得心不在焉的。晚上，我们一家人还在吃饭聊天呢，父亲的几个老哥们鱼贯而入，父亲忙不迭地把他们让进自己的房间,然后轻轻掩上房门。没一会儿,房间里传来他们的窃窃私语,继而是低声的争吵。我妈大声揶揄道,"依我看啊,他们真该设立一个接头暗号,像当年的地下党那样。"

父亲和几个老朋友退休之后闲着没事干,整天凑在一起议论国家大事,什么政治局在各部委、省市区的人事布局,如何进行改革的顶层设计。又是分析又是猜测,谁跟谁是一条线的,谁要上台谁要下台了,为此,争论不休。总之,全都是些与他们八竿子打不着的大而无当的问题。而对本地那些看得见摸得着的实际问题却视而不见,充耳不闻,完全是本末倒置。他们与街头在寒风中下象棋的老人无异,不过是另一种消遣罢了。起码,我看不出两者之间有什么区别。我把这个问题提出来,父亲冷笑,"你在大城市生活,你是不知道现在的县城什么样,实话告诉你,从上到下已经烂到根儿了,亲戚套亲戚,朋友套朋友,像个俄罗斯套娃,你要是敢提什么尖锐的问题,不出三天,就得有人请你喝茶,谁敢呀。"

我爸这辈子是那种连给领导提意见都是"您太不注意身体"之类的人,遇到不良行为,头一个闪到一边,连报警都不敢,事后,只会关上门,愤怒地大声谴责、声讨。

每次踏上故乡的土地,我都会闻到一股甜腻腻的腐烂的气味,也就是父亲所说的"烂到根儿"的味道。我的一个中学女同学的父亲是市里某个局的党委书记,他在退休前自己的把五个儿女全都安插在局属企业担任一二把手,把好端端的国家单位做成了真真正正的"家族企业"。这听上去简直不可思议,但事实的确如此。每次路过我的母校县一中,周围林立的大烟囱冒出的滚滚浓烟,总让我不自觉地联想到中学政治课本里的关键词"资本家""榨干""血汗钱""童工""剩余价值"。我搞不清我们是生活在几百年前的资本主义初级阶段,还是他们所说的社会主义初级阶段。

谁能告诉我吗？每次老同学聚会，聊的都是谁谁谁赚大钱了，谁谁谁当官了，别无其他，单调乏味，但从不厌倦。至于怎么赚的钱，怎么当的官，从没有人关心，我们就不能谈点别的吗？不能，真的不能。因为时下我们这个国家除了这两件事，好像别的什么都不是事了。

我不知道母亲这些年到底赚了多少钱，我只知道赵小艳刚开始倒腾房子的时候，背着我可没少跟母亲借钱。有时十万八万，有时三五十万。我劝母亲不要为了我借赵小艳钱炒房，母亲不听，"我这把年纪了，要这么多钱干什么？生不带来死不带去的。我告诉你媳妇，别有什么后顾之忧，赚钱是你们的，赔了算我的。妈就是希望你能过上好日子，往后不必为了钱犯愁，这样你才能安安心心写你的小说。妈是从苦日子过来的人，知道没钱是啥滋味。"

母亲为教堂捐款是匿名的，只有教堂的牧师知道。母亲年纪渐渐大了，腿脚不灵便，生意上的事情交由哥哥何继伟代管。可等母亲去世时，家里的钱被他赌了个精光。媳妇跟人跑了，女儿扔给了我爸，到现在，他的人影我们都找不到。我爸只剩下一套三居室的房子，靠退休金生活。一切又回到了从前。

早年，每逢春节，我们一家三口都是回老家过。何想喜欢东北的雪，赵小艳也表现得兴致勃勃的。等到赵小艳有钱了，何想也长大了，她们娘俩就死活不肯跟我回东北过年了。母亲生病期间，多次念叨想看看大孙子，都被赵小艳强行阻止了，理由是怕母亲的病容吓着孩子，从而在何想原本就脆弱的心理留下可怕的阴影。"何想，你可想清楚了，这可能是去看你奶奶最后一眼。"当时，何想站在旁边，一脸的麻木不仁，没有任何悲伤的表示。我恨不能上去一把掐死他。幸亏，我从没指望过他将来为我养老送终。你说，现在的孩子到底是怎么了？

冬天，父亲每天吃完早饭就匆匆出门了。他不是去公园锻炼身体，也不是去街上买菜，或是去某个老友家串门，而是去小区对面的商贸大厦。他说那里暖和。我不解，"家里不是有暖气吗？"

"那得烧自个家的煤气呀。"父亲家的楼房是自开自关式的取暖设备。

"你就为了省那几个钱？"我只能苦笑。

"也不是，我们这些老伙伴每天都到那里聚会聊天，一个人在家闷得慌，出去转转，挺好的。"父亲搓着一双大手，嗫嚅着说。

父亲明显老了，背也驼了。一瞬间，我发现我长得很像父亲，之前我从没有过这种感觉，也没有人说过，我与父亲的长相有多少相像之处。如果说，人衰老的第一个征兆就是开始像自己的父亲，那么确定无疑我正在变老，想到这里，我不自觉地挺起了身子。但没一会儿，我的肩膀又习惯性地塌了下去。

28

石强要请我"单喝点",我真的不记得上次我俩单独喝酒是什么时候了。我稍感意外,但马上随口答应了,生怕他反悔似的。我不是说石强从没请我喝过酒,只是那都是太久远的事情了。自从他当上副处长之后,他与我们聚会的次数每年递减,其实也不全是因为他当官,更主要的原因可能还是年龄大了,再有就是他需要应酬的事儿太多。这几年,大家偶尔才聚一次会,如果我和丁磊张罗就选择在街边小馆,如果章宏伟张罗一般是在中档酒店,别看章宏伟身为企业的副总,但毕竟是股份制公司,甭管自己花钱还是单位报销,都不能太过分。石强就不一样了,他请客只去湘鄂情,每年一次,通常是在他过生日的时候。在那里他吃喝能报销,点起菜来毫不含糊,连龙虾都不在话下,结账时大笔一挥,临走还要送我和丁磊每人一两条中华或玉溪之类的高档烟。

前年石强过生日,正赶上党风廉政建设闹得正欢,他媳妇马小静订了他家附近的万龙洲海鲜。他进包房第一件事先问服务员,收包房费吗?一听收,而且还百分之十五,转身就走,强烈要求换大厅。马小静悄声说,"人都坐下了,换地方太麻烦。"他却不以为然,大着嗓门道,"都是朋友又不是外人,要这个面子干什么?"马小静连劝带哄,好说歹说才勉强把他留住。我和马小静下楼点菜，他也不放心，没一会儿跟了下来。问问这个，嫌贵，问问那个也嫌贵，还黑着个脸，走在前面，马小静和我面面相觑，最后菜都是他一个人点的。那顿饭花了一千八，十来个人呢，按说在这种大店也不算多，可他结完账出来，还愤愤不平，嘴里嘀嘀咕咕个没完，骂店家"黑心"，还故意让人家听见。

"你去湘鄂情一花万八千的，我怎么从没见你眨过一下眼皮，自己掏点腰包就觉得吃亏了，你看看你的样子，就像是要你的命。男子汉大丈夫，至于吗？"出了酒店，马小静见四下无人，压低声音说。

石强吓得大气不敢出，低着头，"你少说几句行不行。"说完，麻溜儿拽着马小静匆匆上车走人。

我们还头一次看见马小静敢在石强面前耍威风呢。我不清楚他们之间最近发生了什么，抑或是石强有什么把柄落在了她手里。石强在朋友和同事眼里一向随和、谦逊，起码表面上如此，好像这也是一些官员一贯的所谓亲民做派。唯独对马小静，他从来没有过耐心。马小静每次跟他说话，轻声细语，给人的感觉，总像是在讨好他。可石强不买账，面无表情，无论她说什么，他的眼睛从不正视对方，显得爱答不理的，甚至故意把头扭向另一侧。尤其两人通电话的时候，一看是马小静的手机，刚刚还有说有笑的他，眉头猛地皱起来，还是打成死结的那种，犹豫再三，电话是接了，但满脸的不耐烦。"嗯，嗯嗯，嗯嗯嗯。"能回答一个字的绝不说两个字。然后，啪地撂下电话。我猜想，不是马小静刚刚说了什么，而是她的声音让石强厌烦。一个男人能如此粗暴地对待一个女人，恐怕也只有夫妻间了。以至于我们一看石强的脸色，就知道准是马小静的电话。要说马小静这人也的确够烦，我们几个好朋友的媳妇里面，数她打电话的次数最多，没话找话，"你们在哪儿吃饭呢？""有几个女的呀？""一会儿我过去坐坐不碍事吧？"也怪不得招石强讨厌。但我们还是劝他对马小静的态度稍微好一点，最好不要当着外人这样，应该给她留点面子，毕竟是女人吗。"她有脸吗问题是？"石强愤愤然。

回去的路上，我们坐在章宏伟的车里都不说话，气氛有点尴尬。章宏伟替石强打圆场，"这也不能全怪石强抠门，在机关待久了的人都这样，公款花惯了，我当年也是。除非偶尔到小吃部吃个早点，自己掏腰包请客吃饭的确不习惯。"章宏伟笑笑，"简单地说，就是一种有便宜不占王八蛋的心理。说到底，人都是自私的。自己家的钱是钱，公家的钱就是大风刮来的。何况人家还是实权在握的大处长呢。"

"那，我们每次聚会他带去的法国红酒呢，那一瓶也值不少钱吧？"丁磊问。

"你真认为他的酒是自己花钱买的？"章宏伟的鼻子哼了哼。

丁磊吐了吐舌头，不吭声了。我觉得丁磊是故意这么问的，虽然他从没上过班，但总不至于傻成这样吧。这小子真不够地道，这时候还不忘说风凉话。

我和石强喝酒的地点约在亚运村第五大道的太合屋，是家日本餐馆。事先，石强预定了个小包间。

"你没开车？"见了面我问。

"没有。"显然，石强不仅仅是想跟我叙叙旧那么简单，他想一醉方休吗？

石强照例带了瓶法国红酒，这回，他没有让我，而是自作主张地为我点了麒麟啤酒。既然有事要聊，那么喝酒就只能退居其次了，重要的是他有什么话要说。打我懂事起，身边的朋友有什么憋在心里的话想倾诉，我总是第一个被选中的人。石强在大学的时候笑称我为"知心大哥"，他曾经说过，"你老婆可能会出卖你，但何继东不会。"他的意思是，我嘴严，什么话到了我这儿就像上了把加密的锁。我并不以为意，我觉得这是一个男人必须具备的素质，没什么值得骄傲、吹嘘的。但事实上，就是有些男人嘴巴总没个把门的，跟个街道大妈似的，你有什么掏心窝子的话告诉他，第二天准给你传得沸沸扬扬，尽人皆知。其实，他可能并不是故意坑你害你，他只是觉得你告诉他的话"有意思"或是"挺好玩"，但这起码是对朋友的隐私不尊重吧，说严重点，他这么干甚至可能导致朋友为此付出沉重的代价。

负责上菜的女服务员身形小巧可爱，眉眼清秀，甚至在我看来，漂亮的有些过分。女孩是单眼皮，有点像日本女孩（不是因为在日本餐馆就餐产生的错觉），而非五官精致的韩国女孩。韩国漂亮女孩的特点是，哪儿该大就大，哪儿该小就小，像是一个模子刻出来的。当然，这得归功于韩国整容技术的先进。韩国女孩只有整得漂不漂亮，没有长得漂不漂亮。所以，只要看到韩国女孩，我就忍不住盯着人家的脸瞧，还想伸手摸一摸，掐一掐，哪个部位是真实的，哪个部位是改装过的，以检验我的判断是否准确。直到女孩不好意思地转过脸，我才猛然意识到，自己的行为是多么的无理。我很少见到日本女孩大规模的整容，但她们都喜欢化妆，偏偏又化得恰到好处。这样一来，两国的女孩子的特点就很好分辨了。简单地说，韩国女孩是整出来的，日本女孩是化出来的。而夹在中间的大概就该算中国女孩了，整容整得不彻底，妆化得花里胡哨，怎么看都是个半成品。当然，我并不想一概而论，只是想说当下的一种现象。

女孩上菜时总是先礼貌地敲门，说声，"对不起，打扰您用餐了。"其实推拉门是开着的她完全没这个必要。女孩说话声音不大，发音比我标准（我到现在还是平卷舌不分），要不然，我还真以为她是从日本方面派来的服务员呢。女孩跪在榻榻米上菜的时候，细长的眼睛轻轻瞥一眼石强，羞涩地低下头，就当我是空气,转身出门时,眼睛的余光再看一眼,永远看不够似的。

"石强,什么情况?"我悄声问

"怎么了?"石强有些紧张地笑笑。

"少跟我装疯卖傻,从实招来。"

"别开玩笑,我只是偶尔来这里跟朋友吃个饭,跟她也不是很熟。"

"哥们,再熟我是不是得叫她嫂子了?"

"咱们今天不说这些。"他长长叹了口气,"王局最近调到市作协当副主席去了,你听说没?"

"没有,我又不是作协会员,跟我有啥关系,我不关心。"虽然写作多年,但我既没有加入作家协会也没有加入编剧协会。我讨厌一切与"组织"有关的组织。

"是啊,但和我有关系。"

石强口中的王局,是他们工业信息局的副局长,两人是上下级更是无话不谈的好朋友。多年前,石强曾经让我看过一些王局写的"大散文""大诗歌",通篇都是"祖国""人类""灵魂""苦难""永恒""上下五千年"之类空洞无物的大词。石强问我,"你觉得王处写得怎么样?"当时王局还是王处长。

我知道他们的关系,只好半开玩笑地说,"怎么说呢,我觉得,他这个人自我感觉良好,好像以为自己是上帝派到人间的使者。"以我有限的认识看来,写作此类所谓宏大叙事文字的人,生活中普遍低俗、谄媚,善于趋炎附势,溜须拍马,文字上无病呻吟又毫无节制。不客气地说,他们不会或者说压根就不想好好说人话。我个人还是喜欢比较"小"一些的文字,如《包法利夫人》《爱与黑暗的故事》及契科夫的所有的短篇小说,从中你看不到一句"悲悯",但整部小说却到处弥漫着浓重的"悲悯"的气息。

"你这张嘴可真够损的。"

后来，石强搬新居，我去给他"暖居"，那时候王处已经荣升为副局了。王局拉着我的手，轻拍拍，"承蒙夸奖，深受鼓舞啊。我最近又写了一批新东西，请多多指教。有时间咱们坐下来好好谈谈文学。"很明显，石强没有把我的原话转告给他。此后，王局的作品时常见诸于大报大刊，好评如潮，还获得过五个一工程的文学奖。我当然知道这不是深受我鼓舞的结果。现如今，他调到作家协会这样的准官僚机构，也算是找到"家"了吧。

"按理说，老局长退下来，王局论资历、年龄完全应该顶上来。可他俩一向闹矛盾，一个往左另一个偏要往右，我们当下属的很为难呐，只能被迫选边站。我总不能耗子钻风箱，两头受气吧，逼得你只能赌一头。我从大学毕业就在王局手下工作，我能有今天全都是他一手栽培的结果。尽管老局长对我也不错，但我必须与王局同呼吸共命运，荣辱与共。俗话说，士为知己者死。"

我不知道石强干吗对我说这些，但见他表情凝重，心事重重，又不便打断，只能姑且哼哈点头，听之任之。

"现如今，王局这么一走，我们这条线算是树倒猢狲散了。我刚刚被调到局工会当副主席，闲职一个。"石强叹了口气。"这条线"的意思我懂，即相当于一个派别。就是说，他们输给了老局长的一派。我知道，两派斗争的结果，不是东风压倒西风就是西风压倒东风。胜出的一方，即使是个阿猫阿狗之类的小角色，也会得到个一官半职，以体现路线斗争的残酷性和胜者为王的铁律。

那么就是说，石强"冲刺"的希望泡汤了。

那天，他喝光了一瓶法国红酒，我喝了五瓶麒麟。石强关上推拉门，"过了春节，你是不是还要去北戴河'猫冬'"

我点头。

"这样吧，你帮我在北戴河租套房子，地点吗，离海边热闹的地方远一些,要高档小区,但要人气旺,治安好的。价钱无所谓。"石强想了想,"还是租两套吧。你一套我一套,最好离的近一些。"

"谢谢你对好意,我用不着,我夏天又不不去北戴河,浪费。"

"花不了几个钱。"

"打住。"我作个暂停的手势,"咱们换个话题。石强,说实话,你小子是不是也想赶时髦玩金屋藏娇的把戏?"

石强笑笑,未置可否,"反正我现在闲下来了,是该好好享受享受生活了。"

我打车送他回家,石强摇摇晃晃下车时仍不忘提醒我,"老何,这个事,天知地知,你知我知。千万不能告诉任何人,包括赵小艳。"

"我办事你放心。"如果他能带上太合屋的那个尤物,在北戴河过冬,的确不失为一个既浪漫又可疗伤的好主意。职场失意情场得意,也算是对他的一种补偿吧。

29

　　如果有人跟你说"冬天，去北戴河。"你的第一反应是什么？我相信，绝大多数人会觉得"有毛病。大冷天的躲还来不及呢。"只有很少部分的人会觉得"很浪漫啊。"但我们知道，浪漫的人富于幻想，激动一下也就算了，并不见得真的付诸行动。就是说，真正"冬天，去北戴河"的人注定是少之又少的。我是其中之一。

　　事情是这样的。

　　十年前，我在学校每年一次的例行体检中，被查出患有哮喘。那会儿刚入冬，我的确时常有一种压气的感觉，尤其是下半夜，气短、胸闷，喘不上来气。医生说"问题不大"，但他还是建议我，"有条件的话，冬天最好找时间到海边休息休息，呼吸些新鲜空气。"按我的理解，冬天去海边，只能去南方，而首选之地当属三亚。往返机票、住宿、必要的吃吃喝喝，费用太大，想想就让人吃不消。医生好像看出了我的窘境，"北戴河也是一个不错的去处。"

　　北京就近的海边，大概也只有北戴河了。但在我的印象里，北戴河是属于夏天的，好像也只能属于夏天。我当然去过夏天的北戴河，换句话说，北京人谁没去过北戴河呢。盛夏时节，那里永远人满为患，沙滩上，海水里，街头巷尾大大小小的宾馆，疗养院，培训中心，哪儿哪儿都是人。那么，冬天的北戴河又会是怎样一番景象呢？我在回家的路上，坐在公交车里，闭上眼睛，想象退去人潮的北戴河：空寂的沙滩，刺骨的海风，湛蓝的天空……倒也不乏一处浪漫之所。治病是其一，顺带着远离京城的喧嚣，出去躲躲清静也是好的。这么一想，我不免有些兴奋。

一放寒假，我带上熬好的中药，兴致勃勃地出发了。当时，我手头正好有一个短篇要修改，那么到北戴河去修改如何？我知道，许多作家喜欢在出游时修改自己的作品，且多选择海边的别墅或旅馆。我喜爱的英国作家毛姆就是其中的代表。他的一生总是这待一阵儿那待一阵儿，像只跳来跳去的松鼠。他写道，"时间从来没有像在旅行中那样宽裕，也许你有一个庞大的计划，但仅仅完成了一部分，你仍然觉得有空闲可以做任何事情。你有大量的时间可以尽情挥霍，而不必感叹光阴似箭或遗憾未能珍惜时光。"他简直说到我的心坎里了。如果可能，我希望一辈子都能过上这样的生活。可我这么说也有些脸红，因为那时我连一篇像样的作品还没发表过，根本算不得什么作家。但我还是悄悄带上了小说的初稿。我当然不能跟别人说我去那里是为了修改小说，人家会笑掉大牙的。再说了，以我目前的经济收入未免也太奢侈了吧。那么，我就自我安慰，你去海边是去治病的，修改小说只是捎带手的事。这总可以吧。

出了北戴河火车站，我打了辆车直奔老虎石。那里是北戴河的地标，也是外地人在北戴河游泳嬉戏的最佳场所，还是个三星级的小公园。出租车沿海滨大道行驶时，我摇下车窗，大海咸腥的气息迎面扑来。我终于看见了北戴河冬天的大海。车到地方，我背着双肩包，小跑几步来到沙滩上坐下，点了根烟。

正是午间，退潮之后沙纹遍地的沙滩，像乡间的梯田，阒无一人，在蓝天白云的映衬下，闪着金灿灿的光，全无夏天的肮脏——烟头、雪糕棍、塑料袋之类的玩意。与我之前的想象差不多。

只是一时间有些不适应,但又很好理解。

大海平静,海浪舒缓。宽阔的海面,直到远处的海平线,一艘船都没有,简直可以说一望无际。海鸟在我的头顶上随着气流自信地盘旋,升沉起降,发出"唧唧啾啾"的尖厉叫声。风向改变了,正吹向岸边。我迎风而立,近乎贪婪地大口呼吸着潮湿、清新的来自大海的气息。我喜欢这种空旷、无际,心很快平静了下来。

肚子饿了,我起身去找吃的,没有。我沿着海滨大道左右找了好一会儿,那些一家挨一家夏季热闹的大排档,大门紧闭,贴着封条。门前的空玻璃缸在正午的阳光下闪着白惨惨乌蒙蒙的贼光,很刺眼。我看见一座宾馆门前,放着一块写有"现有床位"的牌子,那就先住下再说吧。一问,一宿五十。

"如果我住一周呢,能给个批发价吗?"一个人心情好,总是喜欢开开玩笑的。

"四十,但你得先交一星期的住宿费。"女服务员抬起红扑扑的苹果脸,不信任地看着我。看来,之前有人假冒要住多天,实际上只住一天。

我笑着把钱数给她。

她把房卡递给我,"这个房间能看见大海。"她的心情有所好转,至少我没有骗她。

的确能看见海,可惜不是大海,而是大海的一角,还被树枝遮掩了一部分,但我已经很知足了。房子宽敞明亮,朝南。

我打开门窗,呼啸的海风透过松柏穿堂而过。白色窗纱高高飘起,尘土在阳光下舞蹈,像是在欢呼雀跃,看来这里有日子没人住了,它的确需要透透气。可以洗热水澡,有洗浴液、香皂和干净的白毛巾,一应俱全。我像个孩子一样开心地在床上打了个滚。房子很暖和,暖气烧得很足。这么点收费,够挣出供暖费和员工的工资吗?我又杞人忧天了。我总是这样。在我家小区,每次经过一家家并排而立的饭店,我都忍不住伸脖子往里细瞧,估算一下,这家生意赚不赚钱,那家估计快挺不住了吧。赵小艳认为我这是"吃淡萝卜操咸(闲)心"。我却乐此不疲,屡教不改。

我顺着女服务员手指的方向,向北面的坡路去找饭店,路越走越窄,感觉前面是堵墙,我以为是条死胡同,犹豫着是不是走岔了,可当我走近那堵墙,结果,又出现了一条更狭窄的小路。几经犹疑,突然,眼前惊现出一条繁忙喧闹的横街,这种扑面而来的火热生活让我目瞪口呆,颇有些茅塞顿开的感觉。我看了下路牌,上面写着"草场路"三个字。还挺诗意的名字。像所有的北方乡镇集市一样,那里应有尽有,但整体感觉,杂乱脏污。光大大小小的饭店就有十几家。我饥不择食地随便找一家饭店钻进去,要了个尖椒炒干豆腐,两碗米饭。顺便插一句,我去北戴河这么多年,从未吃过一顿像样的米饭,要么硬得像石子,硌牙,要么黏糊糊软塌塌的,不知道为什么。虽然河北人以面食为主,可总不至于把米饭焖成这德行吧。不是一两家,而是每家如此。我在那条街上东游西窜,吃了一家换一家,直到几年后才固定下来。不是我找到了可口的米饭,而是我改吃面条了。要说这十年下来,我在北戴河有什么不适应的,那就是想大米饭吃。当然,问题后来还是解决了。与中海滩宾馆(就是我入住的第一家宾馆)的服务员混熟了之后,我从家里自带电饭煲,自己煮饭吃。有时候天气不好,我早晨就在房间里煮方便面,卧鸡蛋,晚上偶尔煮海鲜、豆腐。既是想换换口味,也想自己动手丰富一下孤单单的小日子。每次走之前,我把电饭煲存放在服务台,直到来年春天最后一趟才带走。我还去超市买了木制的泡脚盆,每晚临睡前都要泡泡脚,你看我是不是还挺会照顾自己的。

我沿原路返回,重又来到老虎石。我发现,这短短的几百米路仿如划着一条严格的分界线,或者说相当于一段缓冲区。一边是沙滩、礁石、蔚蓝的大海，这里是属于游客的世界，另一边的原住民则过着淳朴安详的小日子。两者互不干涉，颇有些老死不相往来的意思。在这之前，我多次去过北戴河，与大多数游客一样，一般是利用周末的闲暇，住一两天顶多三天。我从来不知道经过一段几百米曲里拐弯的斜坡，会有另一番景象，还以为所谓北戴河，就是老虎石一带的海边呢。如果早知道，夏天去的时候，我一定选择居民区住宿、吃饭，乃至买海鲜，肯定能便宜不少。可惜，那些居民区的小旅馆冬天统统不营业。

我选择从老虎石沿着海岸线向东走。因为站在一处山石的凉亭上远眺，往西的路很开阔，是一览无余，空寂的沙滩，有些单调。经过依山而建的弧形铁桥，沿途依次是三十六号楼（该宾馆以楼前摆放的一架报废战斗机而闻名），之后是碧螺塔、鸽子窝。顺坡而下，便是海滨大道，现在叫奥林匹克大道，那里有三十四路公交车，终点是海滨汽车站，距离我住的中海滩宾馆和老虎石都很近。

第二天一大早，我迫不及待地起床穿衣，来到沙滩，等待日出。天刚破晓，海面上漂浮着一层轻飘飘却又浓重的白雾，虚幻而缥缈，大海仿佛在沉睡，我站在这片云雾缭绕之中，独自享受着眼前这静谧的一切。天色渐渐亮了起来，阳光暖暖地打在我的身上，当我慢慢睁开眼睛，大海已赫然显露出它的真容。

这就是我初到冬天的北戴河留下的记忆。

我带来的小说顺利修改完毕，另一篇小说的构思忙不迭地冒了出来，挡都挡不住。我喜出望外。临近春节，我才不得不打点行囊，依依不舍地买票回了北京。

赵小艳问我，"药按时吃了吗？"

"吃了。"其实，到北戴河第三天，剩下的熬好的药就被我扔进了宾馆门前的垃圾桶。

"你觉得海边对你的哮喘真的有疗效吗？"

"那当然，我们要相信医学。"

春节过后，我装作克制地在赵小艳面前咳嗽了几声，脸上的表情配合得也很到位。"趁你还有几天假期，是不是再去北戴河休息一下？"

"我就是怕太破费。"其实上次，我在北戴河待了半个月连来带去只花了一千块钱多点。

"什么话呢？治病要紧，去吧去吧。"

"那，好吧。"我的语气不是装的，而是的确有些内疚。那时候的赵小艳还是对我无微不至的赵小艳。但即便如此，如果我如实相告，我的病好了，去哪儿无非是想躲避一下庸常的日常生活，顺带着写点小说，过一过神仙般的小日子，我相信，她会心疼死那些钱。毕竟，那是一笔不小的开销，尤其是对那时候的我们家。

于是，我又去了趟北戴河。从火车站一出来，整个人神清气爽，甚至为之一振，一种"久违了"的感觉油然而生，即便坐在播放"老鼠爱大米"的公交车上，心也不躁。就这样，接连两个寒假我几乎都是一个人在北戴河度过的，但还是觉得不过瘾，没待够。我个人体会最深的是，只要我人一到了北戴河，就没有过不去的"火焰山"，原先在家里以为至关重要的事情，霎时间变得微不足道了，烦恼、忧虑，一扫而空。这是个意外的收获。甚至每年年底必爆发一次的抑郁情绪也消失不见了。难道这里还有医治抑郁症的疗效？

第三年我辞职了。我肯定不是为了冬天去北戴河辞的职，那就太矫情了，但因素是有的，至于多大，很难说清楚。反正，每年一入冬，我适时地咳嗽两声，然后理直气壮地开始往北戴河跑。一直到来年的三月底，甚至四月初。这期间起码一半的时间，我是在那里度过的。实打实，也得两个半月。这样就逐渐形成了一个规律：冬天，我在北戴河写小说，看一些平时想看但又看不进去的厚本小说、传记之类的"大书"。余下的时间，我在家里写剧本，买菜做饭一肩挑。两者尽量不产生冲突。但你知道，一点不冲突是不可能的，我只能闪展腾挪，做些适当的调整，力争化被动为主动。

冬与夏的北戴河优劣显而易见。冬天的北戴河不能洗海水澡。其次海风大，吹得人脸像块麻木的冻肉，掐都掐不动。除此之外的优点就多得数不胜数了。首先住店便宜，以我住的中海滩为例，一宿四十元钱，而我听宾馆的服务员说，我住的那间能看海的房间（也就是我第一次入住的房间，之后只要没人住，服务员会主动让我住四一二，也不多说话，很默契），夏天少说要两百元，周末三百。再说吃，初冬正是皮皮虾、扇贝鲜肥的时节，便宜的恨不能让你倒腾点回北京去贩卖，说不定一趟的出行费用都挣出来了。这个我还真不是没想过。到饭店加工海鲜（多半是放点姜葱煮一煮），一次只收两元钱，夏天是十五。夏天屡见不鲜的宰客现象更是没有，因为没客可宰，那些大排档过了十一黄金周，就陆续歇业了。当然，最吸引我的还是那一大片空寂的沙滩，从早到晚几乎就是我一个人的专属，很少有人兀自闯入。

我坐在静寂的沙滩上，不禁发出独处即自由的感慨。作为一个乐观的悲观主义者，我很享受这种富于创造性的懒散生活。

可能正是这样的感慨，让我十年如一日地每年冬天来这里猫冬。不是习惯，而是期盼，不然以我的性格早就腻烦了。每年十一一过，我就开始掐手指头数日子，巴望着冬天快点来吧，你怎么还不来呢。买完票的头天晚上，更是夜不能寐，翻来覆去地睡不着。当汽笛鸣响的一刹那，我的心怦怦直跳，就像是去密会久别重逢的小情人。冬天的北戴河呀，我又来了，你不会烦我吧。

后来，赵小艳一到冬天就当着儿子的面故意问我，"又要去北戴河了吧。"

"是啊是啊。"我知道她娘俩接下来要说什么,主动配合她们。

"你在北戴河有个家呀,是去看娃吧。"她们母子手拉手,异口同声模仿我的东北口音,然后哈哈大笑。

"像,老像了,连我这个正宗的东北人都甘拜下风。"我双手抱拳,故意把人说成"银",以哄她们娘俩高兴。

这就对了,两口子过日子就要你谦我让,咱不能得便宜卖乖。你一个人大冬天在北戴河过得优哉游哉,还不许人家逗你几句开开心吗。

30

我每天在北戴河的时间是这样安排的：早晨去草场路的市场吃早点，油条豆浆之类的，与北京无异，价格也差不多。奇怪的是，北戴河所有饭店碗上都套着个劣质塑料袋，滚烫的豆浆浇上去，你甚至能闻到一股焦煳味，可人们照喝不误，从没有人对此提出过质疑。无奈，我只好改在一家天津包子铺的国营饭馆吃早餐。

回到宾馆把头天写的小说认真地看上一遍，给保温杯续满水，揣在羽绒服兜里，然后出门。空气清新凌厉，海边的风很大，我搓着手，先在沙滩上小跑一会儿，再快走一会儿，不出二十分钟，整个人就暖和了，身上手上汗津津的，很舒服。我尽量选择在潮湿的沙滩上行走，沙砾坚硬，踩上去像走在地毯上。大海的远处总有几艘巨大的挖沙船，静止不动，稳稳地停在那里。我边走边构思，在心里续写自己的小说，偶尔有了灵感，就坐在路边的长椅上（这样供夏天游人小憩的椅子多得是），匆匆记下来。开始用笔纸，后来用手机备忘录。这条路大概有十五公里，由于海边的路呈波浪状，走起来要么费劲吃力，要么像是有人在后面推着你一溜儿小跑。就这么走走停停，转一圈得小半天。时间久了，大海反倒成了背景，海浪自然就是我的背景音乐了。只有写累了，我才站起身朝大海的方向望上一眼，算是让眼睛歇歇。

　　沿途我遇到最多的人是清洁工。他们三三两两，穿着黄背心，无精打采地清扫着地面上的落叶，或闲下来枯坐，表情木然。其次是学开车的，他们把好端端的一辆车开得歪歪扭扭，气喘吁吁，但没问题，既不会出现什么重大的交通事故，也不会有人取笑你。这里道路宽敞、弯曲，的确不失为学车的好地方。

　　下雪或天气晴朗的早晨，经常有一些从秦皇岛城区开车而来的市摄影家协会会员，他们穿着统一的米色摄影背心，背着几乎同样型号的佳能、尼康，站在几乎同一块沙滩或礁石上，用几乎同一个角度，拍来拍去，还不忘抽空挤对几句身边的同行。我始终搞不懂这种类似于群体摄影拍出来的照片有什么意思，至于意义就更是无从谈起了。唯一的解释，恐怕就是人们常说的"每个平凡人的心里都住着个艺术家"，把自己拍摄的照片冲洗放大，镶在镜框里，对他们来说，也许是一种巨大的心理满足，或放在个人电脑的主页，然后告诉别人"这幅照片是我自己拍的"而非从别的什么地方下载的。

　　赵小艳走到哪里都喜欢拍照，她拍一张照片起码五分钟，瞄啊瞄，像是便秘，连半蹲的姿势都像。但我没见她拍出过一张有特点的片子。"我就是不明白，你为什么不喜欢拍照片，多有意思啊。"她不解。

　　"有你拍不就行了吗。"

　　"我拍是为了等老了的时候慢慢回忆。"

　　"我不拍是为了更好的忘记。"

　　"混球去。"

　　我喜欢雪后的早晨，天蒙蒙亮，我就爬起来，平时橙黄的沙滩已是白茫茫的一片，上面没有一行行人的脚印，让你都不忍心下脚。我想起食指的一首诗《相信未来》，"……我依然固执地用凝霜的枯藤,在凄凉的大地上写下:相信未来……"总有一种想用树枝在上面写点什么的冲动。我叼根烟,站在路基上静静地看着太阳一点点爬升,洁白的雪地上铺满金灿灿的光,如梦似幻。那一刻,我的心里总会涌起"生活如此美好"之类的酸词,但事后既没有半点羞愧,也不觉得廉价。

老虎石东侧有一座水泥房子,是供夏天游人更衣的地方,那里聚集着一群穿黑棉袄黑棉裤的老头,他们在晒太阳聊天,也有人下象棋。其中一个老头的身边总是跟着一只羊。老头下棋思考的时候,捋一捋它的皮毛,它就乖顺地坐下来。它好像对人没什么兴趣,两眼无神地望着脚下的沙滩和不远处的大海。它兴许在想,如果我是头骆驼待在这里还情有可原。我可以把沙滩当成荒无人烟的沙漠,把大海想象成浩渺的绿洲。可我只是一只羊,而这里却寸草不生,让我何以为继呢?

老头养羊一定是为了挤奶喝,好像咱们中国人还没有养宠物羊的嗜好,况且是在这里。老头赢了棋,起身做了个扩胸动作,悠悠然地向海滨大道走去,那只羊蹦蹦跳跳地往前蹿,但很快它意识到自己的行为有些不妥。它不该离年迈的主人太远,独自跑在前面,显得不够礼貌,而且它知道前面也没什么奔头。于是,停下来,转头等着老头慢悠悠地拄着拐杖走近,然后与主人并肩缓缓前行。老头突然伸长脖子,唱起了歌,"我撂倒一个俘虏一个,缴获了几支美国枪……"他反反复复只唱这么一句,边唱边走正步。见我在不远处微笑着看他,仿佛受到了某种鼓励,唱得更来劲了,还把拐杖当枪做了个刺杀的动作作为收尾。估计老头是参加过抗美援朝的老兵。

一天,快晌午的时候,我绕了一圈回到老虎石附近的凉亭,这里通常是我每天绕行的终点。我压压腿,活动一番筋骨,突然看见水泥房子前的老人们围着一个人,棋都不下了。我以为有人在沙滩上写大字，北京的公园里经常有人用海绵做成毛笔的形状，在石板上写字。走近一瞧，他们围着的是个手持金属探测器，戴耳麦的中年人。中年人的探测器左探探右探探，时不时停下来侧耳细听，然后蹲下身，用左手的小铁铲在沙滩上的细沙里挖一挖。他的身后留下了许多深深浅浅的小坑。他挖出来一枚小小的模糊的硬币，在海水里冲了冲。钱币的图案是一个身穿铠甲的人骑在一匹高头骏马上。有人说是"英镑"，有人认为是"美元"。有人建议他用药水泡一泡，有人马上接话说，还是去秦皇岛的中国银行确认一下为好，顺便兑换成人民币。他们为此争得不可开交。又有人凑近想看看，中年人警惕地把钱币死死攥在手里，一声不吭。那是一枚一元钱的法郎，换算成人民币大约四元钱。养羊的老头说，"想发财你得去前面的东二路一带，那里有许多国家部委办的宾馆，他们是当官的，有的是钱。这里不行，都是平头百姓，老外也是穷老外。"众人应声附和。于是，一群人簇拥着手持探测器的中年人向东走去。

下次去北戴河，老远一看，好家伙，不得了，许多老人手里都拎着个探测器，戴着耳麦，从远处看，像一群盲人在沙滩上艰难前行，当然你也可以说他们是一支独特的扫雷部队。当年美国佬在西部淘金也不会弄出这么大动静吧。有老人告诉我，前些天，那个中年人在"国海宾馆"的沙滩上真的探到了一枚金戒指。戒指不大，但上面的钻石可不小，晃得人眼睛都睁不开。他用拇指和食指箍了个圈，怕不准确，又抬起小拇指盖，"起码这么大个，不骗你。不光我看见了，好些人都看见了。"他指着踽踽前行的人潮。每个人的目光都紧盯着脚下的地面，没人接他的话茬。

"买个探测器得多少钱？"

老人没有明确回答我，只是含含糊糊地说，"也就一张渔网的价钱。"这是些从前靠打鱼为生的人，如今老了，只能在海边晒晒太阳,"探不着宝贝也没什么,就当锻炼身体了。你说是吧。"他自我安慰道,但说话明显底气不足,"再说了,探测器可以用很多年,收回投资是早晚的事。"

可没几天,我又看见那些老人重又坐回到了水泥房子前晒起了太阳,摆上了棋盘。

31

　　中午吃口饭，回宾馆眯一觉儿，下午读书写作。阳光好的时候，我就敞着窗门，缩在床头，盖上被子，让空气自然流通，只有感觉到冷得不行才跳下床匆匆关上。这些年，我看的大部头如陀思妥耶夫斯基的《卡拉马佐夫兄弟》，奥兹的《爱与黑暗的故事》，弗尔岑的《自由》《加缪传》《阿拉贡传》等作品，都是我冬天在北戴河读的。不但能看进去，而且看得津津有味，头头是道。每本书看后，光写下的读书笔记就厚厚一大本。

　　每个冬天，我大概在北戴河写四万字左右的小说，两三个短篇或一个中篇，量不大，由于心无旁骛，写作的质量有所提高。写到兴奋的当口，我甚至给自己定下一个目标，十年赶上卡佛，二十年后可以面无愧色地去见契科夫，颇有点老毛当年"赶英超美"的劲头。而一旦作品写完，心平气和地读上一遍，我才发现自己写的东西有多么糟糕，简直不忍卒读。我不但与那些我仰慕的短篇大师相距甚远，甚至还越差越远了。如果我胆敢对外声称是他们的徒子徒孙，相信这老哥俩会从坟墓里跳出来跟我打官司。更可笑的是，这种荒唐的想法，隔一段时间又会重复一次，尤其是在我构思完一篇新小说，搓着双手吹口气准备坐下来大干一场的时候。整个人热血沸腾，面色凝重，就像这篇小说一旦完成，老子就可以向全世界庄严宣告，一个小说的新时代来临了！结果可想而知。为此，我恨不得抽自己两嘴巴。过后又一想，管它呢，咱就当自我鼓励好了。大概我也只能这么安慰自己了。

还别说，真有作用，之后的几年，我的作品发表的成功率越来越高，直至出版了小说集《一蹶不振》，多多少少也算有了些小名气。

最难熬的是晚上。北戴河的冬天，天一黑，街上连个人影都难寻，街灯昏暗，别说我住的海边，即便草场路市场的居民区，人也很少。那里的人大多还保持着上世纪的生活习惯。晚上吃完饭，我早早回屋泡脚，读书，十点钟准时关灯睡觉，从不写东西，怕失眠。我年轻的时候熬夜可是家常便饭，不到下半夜两三点钟决不会上床睡觉，我的颈椎病就是这么生熬出来的，疼起来坐也不是站也不是，平躺不行侧身躺也不行，一个姿势待上三五分钟，就得赶紧起来活动活动，不然，就像一根树枝上挂得不是水果，而是铅球，脖子摇摇欲坠，还不断发出"咔咔，咔咔"的警示，仿佛在告诉你，"我马上就要断了！马上，就要，断了！"所以，我不能为了写作牺牲睡眠，更不能让好不容易有所缓解的颈椎病重新来袭，你就是真让我成为契科夫我也不干。在我看来，写作是人生的一大乐趣，不该为此玩命。再说了，谁敢保证你夜夜苦熬就能熬成个契科夫呢。

32

每次去北戴河，我第一顿饭一定要在葛家馆吃。我坐的 Y509 次列车，七点五十从北京站发车，到北戴河的时间是十点四十八分，票价四十一块五元。如果我没记错，这趟车十年来没涨过价。然后坐五路车到北戴河医院（也叫秦皇岛第八医院）下车，斜对过儿就是葛家馆。那里的老汤牛肉面一绝，在北京我从没吃过这么好吃的牛肉面，口味独特，价格合理。毫不夸张地说，如果说我刚开始冬天去北戴河第一件事想的是大海，那么多年后，我想的是葛家馆的牛肉面。甭管多冷的天，一大碗面下去，整个人立马热气腾腾，恨不能天再冷点，风再烈点。出门拐几个弯就到了中海滩宾馆。路上，我会在市场买些水果和瓜子，吃水果是怕上火，嗑瓜子则是为了在宾馆房间里少抽烟，毕竟那里地方狭窄，烟味不好放。葛家馆的男主人是位画家，属自学成才型，人长得英俊周正，不常在，经常外出拜师学艺和写生。偶尔碰见，总见他风风火火的，穿着套皱巴巴的花格睡衣睡裤，一头蓬乱浓密的卷发，趿拉着拖鞋，逢人就打招呼。他对我说过的最多一句话是"有一阵子没见你了"，然后扔过来一根烟，不是中华就是玉溪。不等我回答，他人已经没了踪影。大概他一直以为我是北戴河当地人吧。也好，免得我费劲巴拉地解释。老板娘人很热情，她告诉我，什么季节吃什么海物，后来熟到连加工费都不收我的了。他们有两个孩子，大的是女儿在北京当兵，小的上小学是儿子。老板娘知道我写作，她让我费心辅导辅导她儿子的作文，自己坐在一边陪着。如果我在喝酒，她就拎过来一瓶啤酒送我，或者加个杀猪菜，我也不推辞。我欣然领命，态度认真，但小家伙对学习兴趣不大，一双毛嘟嘟的大眼睛调皮地冲我眨一眨，咧咧嘴扮鬼脸。有时候他妈忙，他就趴在我耳边悄悄问我些稀奇古怪的问题，"你有媳妇吗？长得有我妈好看吗？""你一个人总往我们这里跑，是不是媳妇跟别人跑了啊？""你会武术吗？我最讨厌我姐姐的男朋友，你帮我打他一顿行吗？"。每次走之前，我的自行车就扔在葛家馆的门前，钥匙留给老板娘保管。时间长了，我在一个修车摊花六十块钱买了辆旧自行车，走路走烦了，就改骑自行车，有时隔天轮换。骑车的线路让我的生活半径扩大至秦皇岛的主城区海港区甚至山海关，无形中也增添了许多新的乐趣。

再一个是红叶大馅饺子。吃他们家的蒸饺，总让人忍不住想家，当然是老家。饭店里总坐着几个中年妇女，她们是老板娘的朋友，夏天在石塘路市场摆摊卖珍珠项链，冬天冷了回东北老家不适应，这么多年下来也待习惯了，只有快春节的时候才不得不回去，住上个把月，又匆匆忙忙往回跑，张罗出门上货，然后坐在出租房里日复一日地串项链。她们手指粗糙，指肚儿有老茧，我经常看见她们没事用牙齿咬来咬去的。旅游季节更是起早贪黑，忙着以假乱真，以次充好。听她们聊天，知道她们都是老乡，老家在黑龙江的鹤岗，大多是离了婚的女人，总之，生活不大如意，在这儿的日子也不轻松。但她们绝少抱怨，成天聚在一块儿堆唧唧喳喳，相互打趣，这么大岁数了还满大街你追我跑的，大着嗓门说粗话，黄色笑话张嘴就来，不分场合地点。东北女人心大，不知道愁，你也可以说是没心没肺。按照我妈话糙理不糙的说法——屁眼子大，心都能拉出来。其实，这是表面现象，没那么简单。据我所知，她们只是把心事埋藏在心底,轻易不愿示人罢了。"说那么多顶个屁用，除了被人笑话,屁事不顶"是她们的口头禅。偷偷抹眼泪的东北女人比别的地方的女人只多不少，这也算是一大特色吧，她们跟东北男人一样，好面子，累身又累心。但换句话说，这年头，谁又活得轻松呢？

　　老板不爱说话，终日眉头紧锁，一副苦大仇深的样子。他的朋友很多，一口一个"大哥"地叫着,很亲切。他像个甩手掌柜的,从不干活，好像他的工作就是陪他的那帮狐朋狗友们喝酒。有时候，老板娘忙得脚打后脑勺，他照样屁股坐得稳稳的，酒杯端得也是稳稳的，小口抿着。他好像只喝白酒。老板娘经过时气得狠狠剜他一眼，他只是笑眯眯地点点头。他的朋友看见了，想起身帮忙，被他用眼神喝住了，"老娘们的事，你别跟着瞎掺和。"

　　电视机挂在饭店角落的高处，一天到晚永远开着。女人们嗑着瓜子有说有笑，如果没人说话，一定是在仰脖看电视剧，以韩剧为主，有时候看着看着，某个女人会突然喊一嗓子，"死鬼，你出来看看，你他妈的啥时候这样对过我。快呀！"

　　她的男人正在里屋喝酒，可能是丈夫也可能是"铁子"，东北话情人的意思。男人满脸通红地跑出来，"啥事，咋地了？"

　　"你看，人家的老爷们多温柔多体贴，你快看呀！"众人大笑。

　　"操，我以为出啥事了呢。等老子有了钱，比他对你更好。"男人边说边回屋了。

　　"你他妈的这个怂样能有钱，我王字倒着写。"想想不对，"万一你有钱了，你找多少个小三我不管，只要别累死，但钱必须让老娘把着。"

　　"好嘞,就这么定了。"里屋的人大声回答，"来来来，喝酒喝酒。老逼娘们成天到晚就知道瞎琢磨，没一点正事。"

我指着电视机对老板娘说，"这样的生活离咱们老百姓是不是太远了点？"

"就因为远我们才看呢。越是得不到的越是不可能的，才越有吸引力，对不？"她很哲学地说。

我想想，也是。人总是希望有希望的，不然拿什么作为支撑我们活下去的理由呢？

草场路上，有许多大大小小的饭店是东北人开的，以黑龙江的佳木斯、伊春、鹤岗为主。听说他们当年来这里是因为北戴河要建区，人口不足，可以上户口。在红叶吃饭的多为黑龙江人，有的人看上去凶巴巴的，有人还刺着雕梁画栋的文身，喝起酒来，跟八百辈子没见过似的，中午喝晚上接着喝，喝醉了就上楼睡觉，起来继续喝。楼上是老板一家人的住处。但我从没看见有人在这里打架，发生争吵的事情都很少，更别说动刀子了。

要是想喝酒，我一般选在韩国城。我小时候长大的地方，附近有个朝鲜族居住区，所以，冷面、狗肉对我来说是很有吸引力的。还有一个原因，那里的凉菜可以拼，这一点对独自喝酒的我尤为重要。

我平时在北京从不一个人喝酒，念头都很少产生过，在北戴河也差不多，只有读书读得心花怒放，或写得比较顺的时候，才想犒劳一下自己，也算是给寂寞单调的生活加点调料。不多喝，两瓶。即便如此，常常喝不到一瓶就顶住了，但又想，出来喝次酒不容易，喝吧喝吧，压也要压下去。这已经不是喝酒，而是跟自己较劲了。

韩国城经常有几个浓妆艳抹的女孩来喝酒，打车来打车走，风尘仆仆。她们边喝边聊，偶尔有的人手机响了，抽冷子走一个，没一会儿又加进来一个。来的人没几个是高高兴兴的，大都是来了还没等屁股坐稳就骂骂咧咧，基本上是骂男人。"变态狂""小小鸟""钱不多花样倒不少""真想一口给他咬下来,炒炒吃了""男人没一个好东西"骂着骂着,心情又好了,开始灌酒,自己灌自己,也有划拳拼酒的,指不定什么时候有人哭了,接着骂,照例是骂男人,骂老公。

韩国城价格偏高,生意一般,尤其是大厅。包房还不错,许多人来包房是为了打牌搓麻,到了饭点,自然就地吃喝。有换地方的工夫,还不如多摸几把呢。

那几个女孩聊天并不避讳我,有时候喝多了,甚至故意提高嗓门吼,完全是一副挑衅的架势,视我如无物。只有一个年纪稍大的女孩,看样子是个头头,见她们闹得太过分了,才用眼神加手势示意她们,"姑奶奶们,你们消停一会儿行不?"

有一次,我正闷头喝酒,一个女孩走过来,"大哥,给根烟。"我把烟递给她,她抽出一支,"哦,九五至尊,假的吧。"我笑笑,没吭气。烟是石强送的。他差不多每次聚会都给我和丁磊带几条烟,石强自己早就戒烟了。

她点上烟,没个谢字转身回了自己桌。她们几个小姐妹轮流抽了一口,神神秘秘地商量着什么。隔会儿,她再次过来,敲敲桌子,"我的朋友也要抽。"她一点不客气,自己拿起烟盒抽出几根,耐心地数了数,像是应该应分似的,"也没剩几根了,要不全给我算了,行不大哥。"她笑了,露出一口好看的小白牙。

"给我留一根吧。"我像在央求她。

"大哥,小妹儿给你点上。"东北话妹字带儿化音。

"不不,我等会儿抽。"我怕待会儿没烟还得出去买,麻烦。

"你咋不给小妹儿面子啊,还是心疼你的几颗烟。"她说话可真不饶人。

没办法,我只好顺从地点上。

她没走,"大哥,你是干什么的?我常看见你晚上一个人在这吃饭。我没认错人吧。"

"工地的。"我总这么应付陌生人的提问。

"哪个工地?"她还没完了。

"华北电力大厦。"当时,坐落在海滨汽车总站的华北电力大厦宾馆正在施工,是我每天散步的必经之路。

"你不会是那里的大老板吧。"她故意一惊一乍地看着我。

"不是,我承包了点土建,小活。"

"阿珊,回来。"年龄稍大的喊她。

过了会儿,年龄稍大的过来把剩下的烟还给我,"不好意思,她们小,你别介意啊。"

"没事,咱们是老乡。"你发现没,只有辽吉黑的东北人爱这么说。从没听华北人、西北人、西南人动不动互称老乡的。

"你这么一说我听着的确有点像,要不,过去一块喝呗,一个人喝酒也没啥意思。"

"那倒是。"我端杯凑了过去。这就是东北女孩的特质。换了其他地方的女孩,即便也是做她们这行的,但决不会邀请一个素昧平生的陌生男人喝酒。听说最近几年被骗被杀的小姐里,数东北女孩子最多。她们怎么就不长记性呢。

那些女孩可真能喝,划拳、"敬老头"(石头剪子布),三下五除二,我迅速感到天旋地转不省人事了。是那几个女孩打车送我回去的。第二天,中海滩的女服务员看我的眼神怪怪的,也不像以前那么热情了。多年来,我在她们心中培养起来的"正人君子"形象,就这么灰飞烟灭了。我很痛心,真是悔不当初啊。

之后见了她们,我是能躲就躲,能藏就藏。实在不行撞上了,只好硬着头皮点点头,算是打招呼。她们相互之间眉来眼去,我故作视而不见。

"九五至尊大哥,过来喝点呗。"她们笑嘻嘻地喊我。

我双手抱拳,很"至尊"地回应道,"我吃碗冷面就走,还有点事。你们慢慢喝。"若不是我已经点了冷面,我被她们逼的非说胃疼不可。温馨提示,患胃病的朋友,千万不要吃冷面,那东西伤胃。

母亲去世的那年冬天,我走进韩国城,坐在习惯的靠窗的位置,要了两瓶啤酒。乌云密布的天空,如我预期的那样下起了鹅毛大雪。街上的行人加快脚步,纷纷奔向温馨的家的怀抱。不远处,一盏些微的灯光下,一位老妇人双手插袖,跺着脚,孤单单地守护着她的煎饼摊。我不禁想起多年前,母亲最初摆摊卖煎饼的时候。有一次,我回老家,走出长途汽车站,打了辆摩的,经过我曾就读的县一中时,无意中看见了母亲,那天也是个大雪纷飞的傍晚,我喊了声,"妈!"。

母亲很高兴。

我捂着母亲冰凉的双手,"下这么大的雪,咱们回家吧。"

"你先回去,别冻着了,你穿得少。妈再等等,孩子们马上放学了。"大批的学生拥出校门,忙着填饱肚子。我默默地帮母亲收钱找零,母亲卖了十几张煎饼,很满足。

我推着三轮车与母亲并行,"你还是待在家里享享清福吧。"

"趁我的身子骨还硬朗,再干几年没问题。我可不想这么早就成了吃闲饭的。"

"现在我们当儿女的都长大了,享清福是你的权利。"

"妈这辈子啥爱好都没有,成天窝在家里,没病也待出病了。妈又不会打麻将。"我妈一辈子以不会打麻将自豪。

……

我的视线变得越发模糊,泪水无声地往下流。我抹一把,强忍着,生怕自己哭出声来。我一杯杯地干酒,喝了起码十瓶以上的公牛。眼前的空酒瓶绿光夺目,精彩纷呈。我继续望着窗外,默默地与玻璃窗上的那个自己举杯、碰杯,然后一饮而尽。

好在那天韩国城的大堂里只有我一个客人,老板和几个服务员围坐在大堂中央的炉火旁烤火取暖。我把一百块钱压在酒杯下面,跌跌撞撞地冲了出去。我打的来到"玫瑰花园"歌厅,一进门,迎面看见了那个年龄稍大的女孩,"你,就你了。你陪我去唱歌。"我一改往日的矜持。

她好像稍微愣了一下,但马上很职业地微笑着,搀住我的胳膊,"先生,请慢走,小心地滑。"进了包房,我拿起麦克风开唱。《一块红布》《花房姑娘》《假行僧》《一无所有》,几乎把崔健的老歌统统唱了一遍。歌厅成了崔健演唱会的专场。我想起了大学毕业的那年夏天,想起了那些当年同我一样的年轻人……我尽情宣泄,又蹦又跳。女孩陪在我身边,为我泡了杯热茶。

后来,我在韩国城又遇到了那个女孩,自然还有她的几个好姐妹。我主动跟她们打招呼,"那天,真对不起。"

"大哥你是个重情重义的人,你这个年纪还能流泪,还能回忆青春,那是因为你曾经拥有过。我真的很羡慕你。再过些年,等我们老了,能老公孩子热炕头就老天保佑了。因为我们从没有过值得珍藏的记忆。大哥,就冲这个,小妹儿我敬你一杯。"女孩干的是白酒。

如果不是因为那天她喝多了,我真想问问她是哪个大学毕业的,学什么专业。不久北戴河扫黄,她们各奔东西,从此再没见过。有时候,坐在韩国城的大厅,尤其是想喝酒的时候,我会猛然想起她们,独自陷入沉思。

说点轻松的吧。

我在北戴河骑车骑上了瘾,回北京买了辆捷安特,两千块钱。有次在饭局上,赵一凡和我打赌,如果我三天之内能骑到北戴河,他愿意赌一千块,石强、张宏伟积极响应,自愿加棒,丁磊被迫当见证人。我正想趁着热乎劲儿骑车出去逛逛,便毫不犹豫地答应了。

出发那天,雨雪交加,我们几个参赛者在《京报》门前还搞了个假模假式的发车仪式,见证人丁磊拒绝参加。看来不走是不行了,我只能战战兢兢地无奈上路。用时两天半,当我顺利骑达终点老虎石时,发现那里聚集着许多人正在东张西望。天哪,我看见了前面的赵一凡他们,还有赵小艳和何想,最后发现丁磊居然也躲藏在人群里。赵小艳和何想拉了一根绳,上面挂着一长串粉红色的百元大钞,红彤彤的很喜庆。众目睽睽之下,我张开双臂冲过终点。在赵一凡的带领下,围观的当地人跟着起哄鼓掌。冬天的北戴河实在太寂寞了,有点热闹,他们能不开心吗。我这辈子好像还从来没这么风光过呢。此次骑行的后果是,我的半月板严重损伤,再没有一次骑行超过四十公里以上的时候,算是落下了不大不小的病根。想想挺不划算的。

下午,我给他们在中海滩宾馆开了房之后,所有人都兴高采烈地张罗出去转转,来一趟不容易,想看看这些年到底冬天的北戴河有什么样的景色,让我如此迷恋,乐不思蜀。只有丁磊拒不配合,死活不肯出去,"海边风太硬,吹得我后脖梗子疼。我还是老老实实回屋睡一觉吧。"

"你就是犯懒。"

"你怎么说都成,随便。"

晚上喝酒的时候,丁磊用他惯常的懒洋洋的语调说,"每个人的确有自己命中注定的精神家园,只是有的人找到了有人没找到,或是没留意。看来,北戴河就是你的精神家园了。"

的确,某个安静、隐秘的地方,也许在别人眼里并没有什么特殊,但你只要到了那里,只身独处,你的生活就会不由自主地变得舒心愉快,呼吸顺畅,你的思考自然而然会变得深邃豁达,直抵内心。

"这么说,知足常乐也是你的精神家园喽。"

丁磊嘿嘿一笑,羞涩地说,"差不多吧。"

33

从北戴河火车站出来,我打通了张薇的电话,"是张薇吗?"
"你是——何继东!"
"对,你好,好久没联系了。"
"天哪!你从哪儿冒出来的,怎么才想起来给我打电话,你太过分了。我好几次大冬天的特意沿着海滨大道开车,想试试运气,看能不能碰见你。"我想起来了,我们认识那天她告诉手机号,可我忘记打过去了。
"抱歉,有事吗?"
"没有没有,你又来北戴河了?"
"是啊,刚下车。我想麻烦你帮我租套房子。我记得,你说过你妹妹在你们小区开了家出租房屋的店,是吧。"
"如果不是因为租房子你就永远不会联系我了,对吗?你整整两年没打我的电话。"
"你怎么变得咄咄逼人了,这可不像你的性格。"
"哦,对不起。租房的事好说,我们晚上吃个饭吧,在秦皇岛。我开车去接你,我们见面再细聊。"
时间定在晚上六点,我在中海滩宾馆门前等她。
我和张薇是在去北戴河的火车上认识的,听上去,这又是个老掉牙的故事。的确，在我看来，所有的好故事都是老掉牙的故事，它们是那么的似曾相识，却又是那么的与众不同。当然也包括最差劲的故事。因为我们都过着一成不变、呆板机械的"老掉牙"的生活，那么，我们的相遇注定也是老掉牙的。

我前面说过，这些年我去北戴河一直坐 Y509 次列车，早晨七点五十从北京站发车，正点到达北戴河的时间是十点四十八分。票价四十一块五。比动车慢半个小时，但票价不足动车的一半，只是需要起早点。我把手机的闹钟设定在五点半，还得在床上挣扎一小会儿才能爬起来。我是这么想的，在冬天的北戴河，我一个人远离京城的喧嚣、浮躁，过着优哉游哉的生活，夸张点说，这已经相当于世外桃源了。起点早是必须付出的一点代价。人就应该时不时给自己"制造"些小困难，尤其是对于我这种每天不用挤公车挤地铁上下班的人，不然人是很容易被惯坏的。再有就是，这趟车到达北戴河的时间恰到好处，坐公交吃午饭，开完房，正好有足够的时间让我慢悠悠地围着北戴河转上一圈。况且，这也是我多年来养成的习惯，我不想因为一时犯懒，改变我喜欢的一种生活节奏。

我的座位靠窗。我每次在家门前的火车票代售点买票，都会提出这么个小小的要求，且几乎每次都能如愿，可见，这趟车还是比较宽松的。我对面坐着的是个三十岁上下的女人，正在闭目养神。女人穿着浅米色羊绒大衣，系一条蓝色围脖，与她平静的面部表情很和谐。老实说，在这个飞速发展的动车时代，她显得多少有些特殊。这几年，那些商务人士、有点钱的人，已经不屑于坐这趟红皮火车了。车厢里，到处充斥着河北各地方言的农民工，他们说话聊天，打手机，玩游戏，无不把声音或音量放到最大。好在三个小时的车程对我完全不是负担，看一个小时书，靠椅背上打一个小时盹，醒来再看一个小时书就到了。中间偶尔到连接板处抽根烟。

我从双肩包里掏出厚厚的《爱与黑暗的故事》,把保温杯的水蓄满,然后开始看书。当我把疲惫的双眼抬起来,准备与窗外华北平原灰蒙蒙的单调景色对视那么一小会儿的时候,发现对面的女人手里也捧着一本书,是村上春树的《没有色彩的多崎作和他巡礼之年》。我们心照不宣地相视微笑了一下,但并没有马上分开。我早已过了一击致命的年纪了。她的目光渐渐地移到我的书的封面上。你也知道,现如今在火车上看书的人已经快绝迹了,偶尔有人看书看的也大多是专业书,或是如何能尽快升官发财的书。能遇到一个看"无用"书的人,你恨不能马上引为知己,甚至差不多相当于一种无声的接头暗号了。

"出门带这么沉的书,不嫌麻烦啊。"她先开口说。

"还好吧,习惯了,我喜欢出门带厚一点的书,心里踏实。"

"我还头次听人这么说。这个作家很有名吗?"她笑了,脸颊左侧的酒窝像个旋转的小漩涡。即使她已经不笑了,但那个漩涡似乎还在滴溜溜地旋转着。

"在中国还没有,但在欧洲是公认的大作家。奥兹跟村上春树有一点很相似,他俩近年来一直是诺贝尔文学奖的大热门。"

"那你觉得他俩谁更有可能获奖?"

"我猜奥兹的可能性要大一些。"

"那,你喜欢村上吗?"

"还好吧。我看过他的《挪威的森林》和最早期的《且听风吟》,还有就是你手里的这本。"

"你觉得他写得怎么样?跟你的奥兹比。"

"他俩是不大一样的作家。奥兹是以色列的犹太人,无论从他的民族还是从他的个人经历讲,他的作品都要更凝重深沉一些。而村上春树,怎么说呢,他写得很好看。他俩的差距吗,打个不一定恰当的比喻,就像我们手头这两本书的厚度差,大概这么个意思吧。我前不久刚看了你手里的这本书,觉得太村上春树了。没有什么意外的惊喜,或者说,他的这本书,在他的整个写作生涯中,多一本少一本没什么不同。我这么说可能有些刻薄,没办法,谁让他的名气太大呢。"

"我读过他所有的小说,这本的确意思不大,但看下来也不会后悔。"

"那是,他的作品永远不会让他的读者失望,水准比较平均,毕竟是大作家吗。"

"你也是作家吗?"

"为什么这么说?"

"嗯,怎么说呢,感觉。"

"我顶多算是半个作家。"

"你出过书吗?"

"出过,就一本,所以我才说自己是半个作家。"

"你叫什么名字?"她拿出电脑笔记本,"我上网查一下,马上订一本。"

"不用,我送你。"我起身,从行李架上拉开双肩包,取出书递给她。我出门旅行喜欢带一两本自己的小说,不是为了送朋友,而是故意遗忘在飞机或火车的座位上,这听上去有点像恶作剧。我会事先在书的扉页上随便写个名字,留几句"请斧正"之类的废话,签上名,当然还有我的电话号码,然后让我的书沿着自己命运轨迹去旅行。还别说,真有陌生人的电话打进来,说在某处捡到一本书,但都是男人,我只匆匆应付几句,挂断电话。如果是个女人倒是有点意思,接下来可能发生怎样的故事呢?这个悬念令人充满遐想,不是吗?

我宁愿送一般朋友书也不愿送给那些所谓的文人。他们大多自视甚高，别人写的东西在他们眼里永远是垃圾，他们自己的狗屁却永远香喷喷的。我亲眼见过有人在"发书"的饭局上送他们书，可他们却连起码的礼貌都没有，看也不看，随手往屁股底下一塞，甚至出了门直接扔进路边的垃圾桶里。而送一般人会好些，人家看后还可能发几句感言给你，有的人还因此成了我的朋友。

"《一蹶不振》，你怎么给自己的书起了个这么奇怪的名字？还没看呢，就觉得有些沮丧了。再说，也不吉利呀。"

"每个人都有自己的命运。一蹶不振也是一种生活方式，只是与大多数人的愿望相抵而已。况且，这只是一部小说，不必当真的。"不知道为什么，每次跟人一聊到文学，我的语言就变得很文学很书面化，生硬得有些做作，全无平时的放松状态，这也太令人讨厌了。

她偏着头，上下打量我一番，好像非要从我的脸上找出一蹶不振的理由，"你看起来很阳光呀。"

"也许吧。所谓文如其人，有时候只是外人对作家的一种想象，如果真是那样，那么作家的这份职业就显得太过表面化了，事实可能正相反，这也是写作的乐趣之一。"

"我能理解。"

我起身出去抽了根烟，然后回来坐下。

"你是去秦皇岛还是北戴河？"她问。Y509的终点站是秦皇岛。

"北戴河。"

"这么冷的天去北戴河，听上去有点不可思议。不过还好，你是作家。你是去那里写作，对吗？"

"我是去那里写点东西，但没有明确的计划。也读读书，尤其是这种大部头，在家里实在看不动。还有，就是呼吸点新鲜空气。你知道，北京的空气有多么糟糕，顺便发发呆，这个可能才是更重要的。"

"我这个在海边长大的人，差不多已经忘了冬天的大海长啥模样了。平常只要有可能，我尽量绕着走，即使必须经过，也不会往那里多看一眼。那会让寒冷的冬天再冷上几度的。"她假装打了个寒战。

我俩同时笑了。

"你真是个怪人。许多人表面上也说远离大都市，渴望过一种自由自在的宁静生活，可你真的让他呆呆试试，除非迫不得已，不然他们一天都待不下去的。"她又笑了。

"是这样。我身边也有一些喜欢浪漫的朋友，天天嚷嚷着归隐山林，渴望独处，但并不见得有所行动，不是这个原因就是那个原因让他走不开，总之是有理由的，好像还挺充分。其实，真正的原因无外乎，一个是舍不得或者说习惯了周围的这份喧闹，另一个就是对闭塞生活的恐惧，起码内心还没有做好准备。当然，让我一个人单独待的时间太久，我也会受不了，但十天半个月倒是很享受的。说到底，我们总是希望的很多，但真正实现的却很少很少。你去北京是玩还是出差？"

"说了你可不许笑话我，我是去听音乐会。我每个月至少有一个周末会去北京，或者听音乐会，或者看话剧，只要有空赶上什么算什么。然后找个旅馆住下来，第二天一早返回来。我在小学教音乐，寒暑假去得要频繁些。"

"我懂了。这么说，你也是个怪人。"

"是啊是啊，这正是我刚才抑制不住想笑的原因。"

"想不想一会儿跟我去看看北戴河冬天的大海，也许并没有你想象的那么冷。"

"好啊，反正我今天没什么事。可是，我会不会影响你的创作？"

"不会，通常我到北戴河的第一天就是散散步而已。小说并不是你想什么时候写就能写出来的，你需要跟陌生的环境沟通，打声招呼，问个好什么的。等彼此适应了关系融洽了，才能踏踏实实坐下来写作。"

"天哪，想不到写作还这么多穷讲究。"

"是啊，我也是经过这么多年才渐渐摸到的窍门。"

我俩下了火车，坐五路公交车到北戴河医院，去葛家馆吃牛面。老板娘见了我，热情地打了声招呼，眼睛笑眯眯的，显得意味深长。

路过草场路菜市场，我照例买了半斤葵花籽，几个苹果和柿子。她疑惑地看着我。

"我只在房间里嗑瓜子，因为那里通风不好，我只能尽量少抽烟。吃水果是怕出门时间长了上火，平时我在家里都很少吃水果。"

"看来，你很会照顾自己。"

"那是。"

在中海滩宾馆登记时，女服务员要了我的身份证，又冲她招手，"你的。"

"她是本地人，我的一个朋友。她不住这里。"

我看见她不自然地笑笑。

女服务员没再说什么，只是不大信任地盯着我看了几眼。我让张薇在大堂的沙发上等我，"我把包放下就来。"

十分钟后，我俩来到老虎石。那天风挺大，但天气很好。我把保温杯递给她，"喝一口，暖暖身子。"我建议我俩先在沙滩上急行军，等手脚暖和些，再沿着柏油路慢慢走。没多一会儿，张薇搓着手，兴奋地说，"我现在一点都不冷了。想不到还要你这个外地人告诉我冬天该怎么在海边散步，实在是太讽刺了。"

我俩围着北戴河的海边绕行一周,然后在菜市场买了皮皮虾、扇贝、花蛤、扔头鱼,想到葛家馆加工一下,可葛家馆的门前挂着"暂停营业"的牌子,里面的工人正在维修暖气,地面上湿漉漉的。而红叶和韩国城还没有营业,因为这两家饭店的老板是外地人,这会儿回老家过春节还没回来。

"要不随便找一家饭店得了。"我本来想说去我的房间煮海鲜,可一是这样会不会让她产生警惕的想法,二来买海鲜的时候,张薇说想吃椒盐皮皮虾和酱焖扔头鱼,我那儿做不了。

"走,我有办法。"

"去哪儿?"

"你甭管了,也该我这个本地人做回主了。"

我俩打了辆车,沿着奥林匹克大道一直往北开,拐进了一个叫森林逸城的小区。

"请进,家里有点乱。"张薇打开房门。

"这是你家?"我的意思是,你老公回来不介意吗?

"是啊,你坐沙发上休息一会儿,我去炒菜。"

房子是局促的一居室,家具也像是临时拼凑的,但我当时并没有多想。菜很快上来了。张薇解下围裙,拢了拢齐耳的短发,"尝尝我的手艺,千万别客气。"

那天,我喝了五瓶啤酒,她喝了一瓶长城干红。

"给我支烟好吗?"张薇的脸红扑扑的像刚洗过澡。

我浑身燥热,掐着大腿根,努力告诫自己,什么都不要发生,什么也不许发生。

她吸了口烟,低头沉默了一会儿,她在准备开场白。我意识到她有话要说,而现在正是时候。

她终于抬起头,眼里泛着泪光,"我老公失踪一年多了。"她叹了口气,紧抿唇角,"他在海关工作,是稽查处的副处长。去年秋天，突然被双规了，说他帮助大学同学走私。有一天，他从双规的宾馆三楼跳下来，跑了。刚开始，他还打过几个电话，他冲我发誓，他是遭人陷害的，是他的同学做生意得罪了海关的领导，才牵涉到他的。后来我和家人的电话被监听了，就再没联系过。"她的泪水簌簌地流了下来，"这一年多，我又要工作又要拉扯孩子，还担心他的安全，身心俱疲。我怕自己快撑不下去了。"

我递给她一张纸巾，张薇顺势扑倒在我怀里，哭得泣不成声。我轻拍拍她的肩膀，一时不知如何是好。

"我经常夜里梦见他在窗底下徘徊，偷偷看我们母女一眼，又悄悄地走掉。"她扬了扬下巴，示意我坐着的对面窗户。她家住一层。

我感觉真的有个人影，一闪，不见了。我不禁打了个寒战，迅速坐直身体，可能我的动作太突然，张薇的头顺势抬起来，羞怯地向后挪去。我俩之间留出一小块空间，这让我们的呼吸都顺畅不少。

"跑总不是个办法，得想办法解决问题。"

"他的同学不久前放出来了，他说是他连累了我老公，正在找人打点。"

"这是个好兆头。你要保重身体，女儿还需要你的照顾呢。"

"我知道。"她努力地微笑了一下，露出一个嘟嘴的可爱表情，"今晚你回不去了，都十二点了，这里离城区远，没有出租车，你在沙发上凑合一宿吧。对不起，跟你说了这么多。"

"没问题。顺便问一句,你怎么这么相信我，一个陌生的男人。"

"在中海滩宾馆登记完房你没让我上楼，我就知道你是个好男人。"

过了会儿，张薇回屋睡觉了。我躺在沙发上怎么也睡不着，眼睛一眨不眨地盯着对面窗户，总觉得有人影时不时一闪而过，没做亏心事也怕鬼叫门的。这觉儿是没法睡了,我悄悄爬起来,留了张纸条:我走了,睡不着,正好可以散散步。祝你和家人幸福安康!

此地不宜久留,我决定忘掉她。

34

张薇开着辆丰田佳美在中海滩宾馆门前接上我。"告诉你一个特大喜讯,我老公回来了,就在我们认识后不久。他只受了个小小的处分,不然纪委的人会很尴尬,因为他们永远是对的。现在我老公又恢复了职务,我们的生活重新走上了正轨。如果不出意外,不久后我老公就能提拔当上正处长了。他说他一定要见见你,请你喝个酒,交个朋友。"她显得很兴奋,一路上说个不停。

我很快见到了她老公。他人长得很精神,举止做派官僚气十足。在饭桌上,他不断敬我酒,我回敬时叫他"处长",他欣然接受。"我听张薇说了你们认识的经过,你是个光明正大的男人。往后有什么需要帮忙的,尽管说,兄弟我一向为人仗义。"他啪啪地拍着胸脯。接着,他又说了些"阳光总在风雨后""不招人嫉是庸才"之类的蠢话,以暗示自己无量的前途。整个晚上,他没有对他的老婆说过哪怕一句感谢的话。

分手前,我叮嘱张薇别忘了帮我打听租房子的事。三天后,房子租好了,在森林逸城。一套两居室的公寓,家具齐全,精装修。

我在电话里告诉石强,他马上开车赶了过来,一次性付清了房子的一年房租。

晚上,在韩国城喝酒时,石强问我,知不知道,章宏伟一家投资移民加拿大了。我说知道。前些天，章宏伟打电话告诉我，他女儿考上了温哥华的一所高中，准备日后在那里读大学。他在温哥华注册了一家房地产公司，干的还是老本行。章宏伟想移民我知道，但没想到是与妻女，我还以为跟李敏。他之所以走之前没有张罗与老朋友们聚一聚，主要是因为他失信于李敏，觉得对不起她多年的苦守。

当年，章宏伟在市房地产局当秘书时，李敏研究生毕业分到了局办公室，李敏也是北外毕业的，算是他的师妹，渐渐地两人有了感情。章宏伟数次提出与妻子离婚，妻子死活不同意，还暗中盯梢，继而发现了两人的恋情，跑到局机关大哭大闹，搞得他和李敏十分狼狈。李敏被迫辞职，章宏伟提任办公室副主任的事也随之泡汤了。他之所以没有继续坚持与妻子死磕离婚，是他被女儿惊恐的眼神吓着了。女儿是他的命根子。章宏伟亲口告诉过我，自从有了女儿，他陪领导去歌厅唱歌找小姐，都尽量挑年龄大一些的，不然心理上有一种负罪感。那段日子，还在上小学的女儿每天放了学，就躲在自己的房间里，一言不发，偷偷地抹眼泪，这让他心如刀绞。既然离不了婚，他也不想让她有好日子过。一方面，他们夫妻在不得不外出的时候，表现得你谦我让，强颜欢笑，甚至偶尔还相互打打趣，另一方面，他自作主张搬到了另一个房间去住，从此，夫妻二人再没有同过房。妻子好吃好喝小心翼翼地伺候他，希望他回心转意，但每次妻子做好饭，章宏伟都是默默把饭菜端到自己的房间里去吃。两人从早到晚不说一句话，有什么事情在外面就发短信，在家里就互相留纸条，压在客厅的茶几上。可想而知，这样的家庭气氛是何等的压抑、沉闷。只有在双语学校上学的女儿周末回家，一家三口才在一张桌子上吃饭。出事不久，他把女儿送到了双语学校住校，以免幼小的女儿心理留下阴影。而一旦一家三口出门，又要显得若无其事，平静祥和。

这是何等的分裂呀。一个人怎么可能受得了呢，况且，这样的日子一过就是十年。可即便如此，他的妻子还是拒不同意离婚，理由是，她打小是在单亲家庭环境里长大的，没有充分享受到父爱，那是个巨大的阴影，挥之不去。她不想让女儿重蹈她的覆辙。可问题是，这样的所谓双亲家庭真的就比单身家庭幸福吗？我看未必吧。

那阵子，章宏伟隔三差五约我和丁磊喝酒。丁磊的朋友多，有时候吃到半道，总有人打电话过来，丁磊有些犹豫，毕竟不是他请客。章宏伟来者不拒，"来来来，全叫过来。人多才热闹。"这样的酒局，常常开始是三个人，喝着喝着，就变成了七八个人，甚至十几个人，每次不喝到天昏地暗人仰马翻是不会散局的。单自然是章宏伟买。这么折腾的结果是，他第二天上班，两眼通红，酒气熏天，差点为此丢掉秘书的职位。章宏伟匆匆丢下一句"跟你们这帮闲人熬不起"从此再没有出现在此类酒局上。类似的情况很多，有的人失恋了，有的人事业受到了挫折，有的人做生意赔钱了，总是希望坐在文人堆里寻求安慰或刺激，体会一番所谓的"万丈豪情""桀骜不驯"的生活。这里没有明争暗斗，这里没有生死搏杀，这让他们感到放松、自由，身心得以休息。而一旦疗好了伤，拍拍屁股重装上阵，定是绝不回头的。我们早就习惯了。

我们老朋友聚会，只要不带媳妇的场合，章宏伟的后屁股总是跟着李敏，从不避讳，李敏温柔地坐在一旁，很懂事理，从不多言。我们能够理解，但还有一些别扭，开玩笑放不开，好久之后大家才慢慢适应。我们很喜欢李敏，也很尊重她，觉得一个女孩子独自生活不容易。章宏伟当着我们的面发过毒誓，有朝一日，等女儿上了大学，他一定要娶李敏为妻，决不能让她一辈子没个名分。

章宏伟说，他已经把一家人出国的事情告诉了李敏，李敏平静地接受了，没有一句怨言。这使他更加内疚。他说，我会常回来，并尽量在经济上弥补李敏。在电话里，章宏伟放声大哭，一个劲儿地骂自己不是东西。我无言以对。

　　"怎么，你不动心？"

　　"我，还是算了吧。赵小艳这种人是不会移民的，她长了一颗纯正的中国胃。再说，这么大年纪了，我也不想折腾。"去年，我们一家三口去马尔代夫旅游，赵小艳六天吃了十二袋康师傅方便面，外加六袋鱼泉榨菜，"你有想法？"

　　"没，没有。但马小静和雯雯正在办。走一个少一个。"

　　"这么说，你也成了裸官。"

　　"我现在算什么官，工会是个闲职。我现在只求平稳过渡，顺顺利利地退休。这辈子就这样了。"

　　"你还不到五十岁，这么说早点吧。"

　　"我这个岁数还不能提副局，基本上就歇菜了。当然也不仅仅是年龄的问题，这个比较复杂，你没在机关工作过，你不了解。从政也是一种高危职业，信不信由你。"

　　"可我听上去你怎么还是心有所恋呢。"

　　"人是很难把握好这种平衡的，但，我会慢慢调整的。"

　　我和石强一起在北戴河住了两天，然后一块儿回了北京。在火车上，我告诉石强，"我什么时候去北戴河会事先给你发短信。"我的意思再明显不过了，那就是我们尽量少在那里碰面，以避免尴尬，咱们各玩各的，互不干扰。我当然是为他着想。

　　石强捏捏我的肩膀，嘴唇抿得紧紧的，那是一切尽在不言中的意味。

　　最近一年多，我去北戴河的时间被切得很碎，原因是高考临近的何想，周六周日我必须待在北京，赵小艳负责接送他参加各种补习班,我在家里负责采买,做饭做菜,给儿子加强营养。

可事实上,至此我再没有见过石强,更别说在北戴河。直到有一天,张薇打我的电话,"你的那个朋友出事了。"

"哪个朋友?"我不是明知故问,而是承受不起,脑子有些恍惚。

"还有谁,就是你让我帮忙租房子的那个。今天上午,许多公安带他过来,拉走了一车的东西,不知道是什么,反正看着挺贵重的。没你什么事吧。"

"没有,能有我什么事。"

"你好像并不太意外。"

"也许吧,人在河边走,湿鞋在所难免。"

那次在北戴河,石强给了我一张工行卡,"暂时放你这儿保存。也许有一天,我用得着。"我默默揣进兜里,没问什么。我感到石强隐隐的不安,只是不好直接说出来。

35

我去电影频道交改好的剧本。

李晓说,"我要走了,回家当家庭主妇去了。周末一起吃个饭,怎么样?"

"什么情况?"我吃惊地问。

"没什么,到时候你就知道了。"李晓的脸泛红,有一种神秘的满足感。她的穿着有了明显的变化,脸上化着浓重的妆,眼镜也换成了时髦的黑色窄框。那一刻,我首先想到的是"现代化袭卷东方大地之后首先消失的一种古典美",恐怕真的要绝迹了。

李雅告诉我,李晓要结婚了,丈夫是京东大学影视文学系的主任,姓吴。"表姐这么些年终于没有白等,她找到了一个事业有成的男人。"我知道吴主任,他是八十年代崭露头角的青年文学评论家,九十年代文学日渐衰落,又摇身一变成了著名的影视评论家。电影频道的佳片有约栏目多次请他当过嘉宾,还编写过几个名气很大,但票房基本靠"组织"的主旋律电影。此人担任电影审查委员会的委员,据说,许多国外优秀影片之所以无缘在国内上映就是拜他所赐。

如果我没有记错,这应该是他结的第四次婚。我搞不懂李晓怎么会喜欢这样的男人,这也太不像我认识的李晓了。

那天来吃饭的人不多,就一桌,十几个人,但个个体量非凡。有广电总局的领导,京东大学的校长、党委书记,还有几个拿过三大电影节奖项的著名导演。新郎新娘敬酒时,没等李雅介绍,新郎主动跟我握手,"久闻大名,小李多次和我提起过你,年轻有为呀。"李雅轻挽新郎的手臂,满脸崇拜地望着他。这是热恋中的标准相,李雅的表现活脱脱的就是"贤妻良母"这一成语的写照。

"你应该在影视剧方面多下些工夫。文学已死,就不要抱着它的大腿不放了,年轻人要与时俱进吗。今天来了这么多影视界的大腕,你要多多请教,争取获得他们的好感。小李今天特意请你来,我相信这对你的未来大有好处,机会难得,你可要珍惜哟。"

我不知道该怎样回答,只能不停地点头。

李雅小鸟般唧唧喳喳地围着桌子与在座的大腕们挨个合影留念,努着小嘴作可爱状,或摆出胜利的手势。我想她从事影视行业也会大获成功的。这期间,李雅没有跟我说过一句话,甚至都没拿正眼看过我一眼,就像我俩素不相识似的。

大家寒暄话别的时候,我趁机悄悄溜掉。在路旁,我无意中看见了内蒙古煤老板和他那辆庞大的陆虎。不一会儿,李雅跑过来,坐在副驾驶的位置上,两人亲亲热热地搂抱在一起,相拥激吻。

奇怪的是,我没有丝毫的嫉妒。

我点上根烟,双手插兜,慢悠悠地朝不远处的公共汽车站走去。从今往后,无论这个世界发生什么,我都不会大惊小怪了。我保证。

36

石强被判刑七年。不用说，是受贿。我去看守所看他，石强消瘦了许多，面色灰白，明显是缺少阳光造成的。他见了我羞涩地笑笑，不自觉地抚摸了一下尚不够习惯的光头。

一时间，我们的目光有些相互躲闪，不知道说点什么好，气氛有些尴尬。

"需要我办什么只管说。本来，丁磊也打算一块来，但他快结婚了，我想了想就没告诉他。哦，是奉子成婚。你还记得知足常乐有个叫小红的女人吗？"

"记得。只是想不到丁磊这小子也会结婚，看来世道真的变了。"石强和张宏伟也多次被丁磊带去过知足常乐洗脚按摩。我说过，那里是他的"精神家园"。

"那张卡上有些钱，是我当初给自己留的后路，想买什么你随便花。我在这里要不了几个钱，你每个月给我卡里打个千八百的就足够用了。需要办正事的时候，我会提前通知你。"石强压低声音。

"那怎么行。"我明白，他嘴里的"办正事"就是减刑。到时候免不了要重金打点，但他现在刚判刑，还为时尚早。

"老同学，咱俩就别客气了。这些天我睡不着，想了很多，我在官场上混了这么些年,从没帮过你任何事,八竿子打不着的倒是没少瞎忙乎。人无论在官场还是商场,折腾来折腾去其实挺他妈没劲的。暗地里,我真的很羡慕你这种与世无争的状态,不是我走到今天这个份上才这么说,而是我早就想过。可你知道,上船容易下船难。可惜,我没有下船的通行证啊。"石强摇头。

"别想那么多,保重好身体要紧,往后的日子还长着呢。"

"我还有往后吗?"石强苦笑,"下次来记着帮我带几本佛教方面的书,我想闲着没事读读。"

"没问题。"我不知道为什么许多人总是在走投无路的时候才想起"抱佛脚"。

深秋时节,我和丁磊约在他家楼下的"羊大爷"吃烤串。凉风习习,这是北京最舒服的季节。

小红给他生了个大胖儿子,两口子回小红的老家黑龙江五常住了一阵子。毕竟,丁磊的父母年岁大了,没有精力为他们带孩子。

他怀里抱着哼哼唧唧的大胖儿子。小家伙长得黑不溜秋的,不像丁磊也不像小红。

"下次去看石强叫上我。"

"好啊。"我和丁磊碰了碰杯。我不想聊石强,我相信他也一样,"你儿子叫什么名字?"

"丁小磊。小孩儿他妈起的。"丁磊头转向儿子,"儿子,叫爸爸。"

丁小磊笑眯眯地叫了声,"伯、伯伯。"

"明明是叫伯伯吗。"

"不是不是,是叫爸爸。你仔细听。来,儿子,再叫一遍,爸爸!"

丁小磊哭咧咧地在他怀里挣扎起来。

丁磊双手扳过儿子的身子,正色道,"乖,叫爸——爸。"

"伯伯。"

"小家伙还不到一周岁,能叫你伯伯已经给你很大面子了。"

可丁磊认真地强调,他叫的是爸爸,还吹嘘,"我儿子就是比一般的小孩儿早慧。"

我懒得跟他争辩。看来,甭管什么人,只要一当上爹,全都一副臭德行,尤其像丁磊这样中年得子的,只会更甚。

小红从知足常乐的方向走过来,身上围着碎花围裙。

"嫂子好!"我故意高声跟她打招呼,没有站起来。

小红笑笑,怯生生的样子,从身后变戏法似的变出两个塑料饭盒,一盒的一半是尖椒干豆腐,一半是西红柿炒鸡蛋,另一盒是炖带鱼,轻轻放在桌子上。

"嫂子,坐下一块喝。"我记得小红挺能喝酒。

小红看了丁磊一眼,还是没说话。

"让你坐就坐,看我干什么。见了面也不知道打声招呼,你是大姑娘啊。傻逼!"

小红踢了丁磊一脚,"就你话多。"她自己搬了把凳子坐下来。

"你咋还买菜呀嫂子。"

小红从丁磊手里接过孩子,当着我的面撩起衣服,给孩子喂奶,"都是我自己做的。"想了想又说,"我们从老家回来以后,我就承包了知足常乐的后厨。"

我这才注意到知足常乐重新装修了,门脸很气派。

"扩建了,现在有三十多个小姐呢。"丁磊喝了口酒说。

"很辛苦吧。"我对小红说。

"还行,我从老家雇了两个人在我手下打工。"说"手下"两个字时,小红还不够自然。

过了一会儿,小红的话明显多了起来。她告诉我,每天做三顿饭不说,每一顿还要分三六九等。老板一家子和几个接"大活"的小姐吃小灶。我明白"大活"是陪睡的意思。干"小活"的吃中灶。

所谓小活就是打飞机。吃大锅饭的才是正规的按摩小姐。

"这分明是把好人往死路上逼呀。看来如今想靠勤劳致富只能是空梦一场了。"我笑着说,"老丁,嫂子这么辛苦,你没事也伸把手,多帮帮忙。"

小红不满地白了我一眼,"我们家老丁才不干这个呢。他在家忙着翻译外国人的育儿经呢。挣得可比我多多了。"

"闭嘴!"丁磊抬起巴掌,小红吓得身体不自觉地向后躲,"别听她瞎掰,八字还没一撇呢。我刚翻没几天,一分钱稿费没拿到呢。你说说现在的女人,咋都这么虚荣呢。翻书就比炒菜牛逼吗?"

我招呼服务员再来两瓶啤酒。

被丁磊阻止了,"该撤了,就三瓶,不多喝了。儿子得早点睡觉,不然半夜折腾死人。"丁磊张开双臂,打了个长长的哈欠。

我想起丁磊"最后两瓶"的故事,无奈地笑了。